U0056890

瑞蘭國際

瑞蘭國際

大家的韓國語

新版

初級 2

韓語超人氣名師 金玟志 著

為大家設計的最佳韓語教科書

「當補習班講師 = 從事服務業」

「一堂課 = 一場秀」

這就是這幾年我在台灣教韓語，一直銘記在心裡的兩句話。

目前來到補習班跟我學韓語的同學，大多是大學生或上班族。想也知道他們光學校的功課、公司的事情已經夠忙夠累的，居然還願意抽空到補習班進修，而且不是為了非學不可的英文或很熱門的日文。看大家對韓國與韓語這麼有興趣，願意付出寶貴的時間來努力，身為韓國人的我覺得非常感謝，真的很想握住每位同學的手說一聲「謝謝」。

每一堂韓語課，我都抱著這種感恩的心面對學生。當然，為了不要辜負他們的期待以及滿足他們的需求，像準備上台表演一般，上課前一定要好好地設計內容和流程。也許有些人會說「韓國人教自己的母語，有什麼困難？」不過，我記得剛開始教書，我為了上一堂三小時的課，卻準備了整個星期。上課時，除了教科書裡的內容外，怕學生們感到無聊，中間插些韓國文化介紹、韓文歌或有趣的補充教材。最重要的是將自己想像成是一個台灣人，努力試圖去瞭解母語為中文者在學習韓語時的死角，研究怎麼講解文法對他們來說較容易接受。當然，這些不可能第一次就得到好成果。第一個班，上完課之後，若學生的反應或學習效果不佳，那就再去檢討改善整個上課內容，若在第二個班上的結果也不理想，又得去改一改教學方式，然後在下一班再試試看。

您說「哪位老師不這麼做？大家都是這樣準備上課的啊。」……是沒有錯。只是我現在回頭想，當時的我因為中文不算精通，經驗不足，加上在台灣能找到的韓語教材有限的關係，繞了很多路才走到現在。我寫這本書的出發點就在這裡。

「想要寫出一本——就算剛入行的老師也能教得有系統又有效果的教科書。」

「想要寫出一本——資深老師也會肯定品質的教科書。」

「想要寫出一本——想學韓語但情況不允許的人可以拿來自修的教科書。」

最後，當一個韓語教師，最大的夢想就是用自己寫的教科書上課。讓我這個夢想終於實現的是「瑞蘭國際」，我親愛的韓國家人和台灣家人，還有我的最愛「우리 한국어반 친구들」，我想趁著這個機會跟您們說一聲謝謝。因為有您們才有今天的我。無限感激！

《 韓語學習流程 》

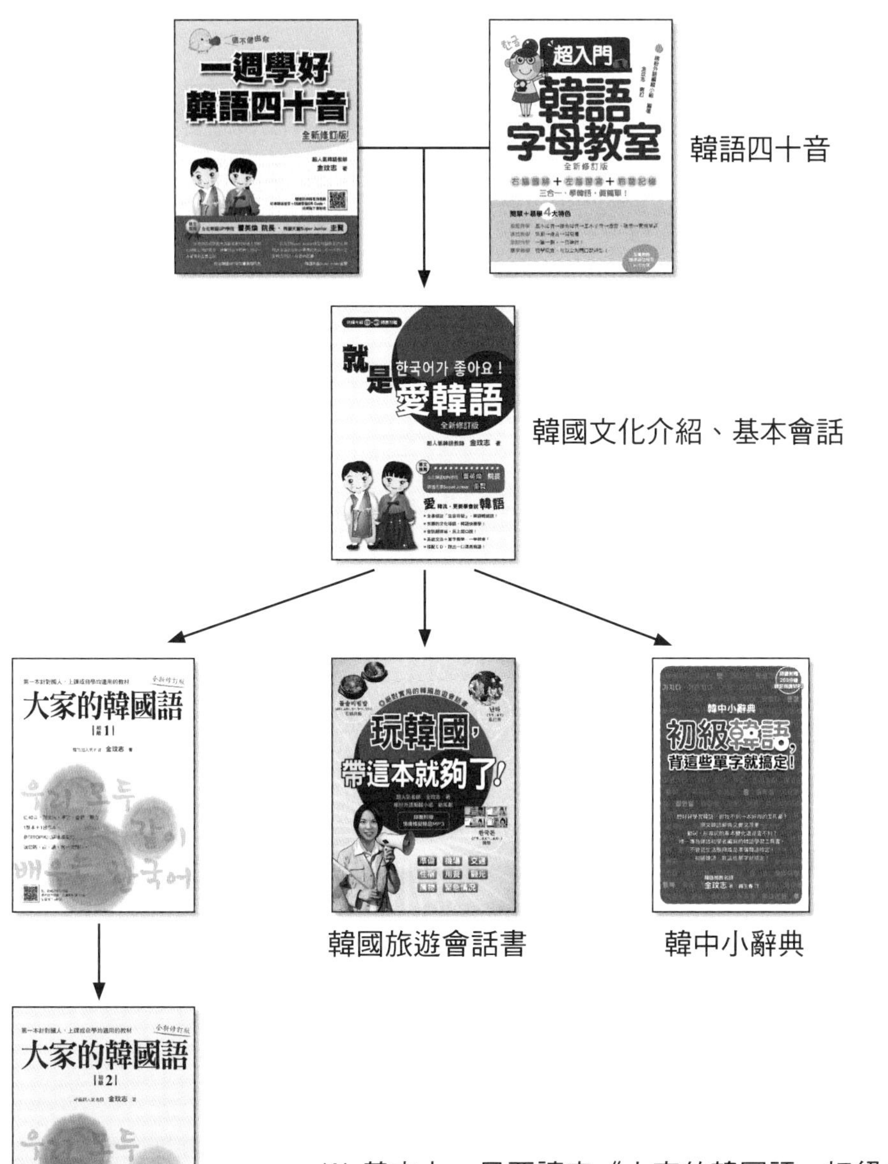

最佳韓語教科書
（含習作本）

※ 基本上，只要讀完《大家的韓國語　初級1》、《大家的韓國語　初級2》這兩本，還有搭配《初級韓語，背這些單字就搞定！》，就能通過「TOPIK韓國語能力測驗－初級（2級）」喔！

如何使用本書

《大家的韓國語　初級2》一書包含語彙、文法、會話、習題與延伸閱讀，是全方位的韓語入門學習教材，不須另外添購副教材，即可同時訓練聽、說、讀、寫四大語言能力。各課取材內容著重生活化、實用性，避免枯燥刻板，使讀者樂於親近、學習。

❶ 以7個階段，循序漸進學習

導入基本文法與會話，每課皆以7個階段循序漸進學習，同時搭配MP3，能充分練習、紮實培養韓語實力。

Step 1>>文法

系統解說、利用圖表分析初級韓語必學文法、句型，並提示範例與重要觀念。

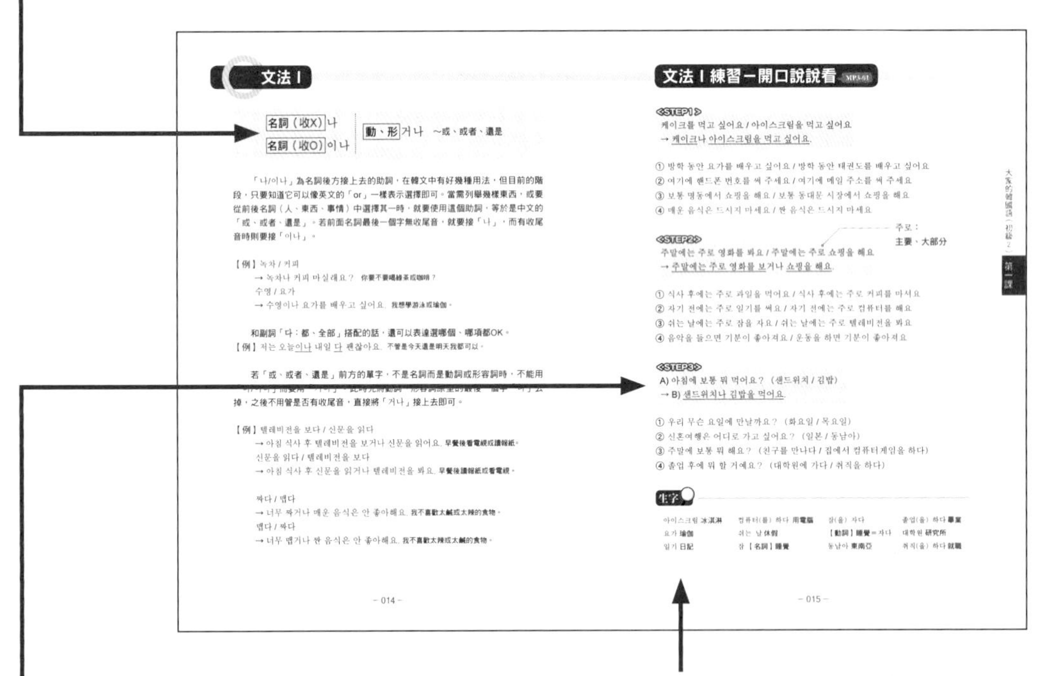
文法 I

名詞（收X）나 / 名詞（收O）이나 | 動、形거나　～或、或者、還是

「나/이나」為名詞後方接上去的助詞，在韓文中有好幾種用法，但目前的階段，只要知道它可以像英文的「or」一樣表示選擇即可。當需列舉幾樣東西，或要從前後名詞（人、東西、事情）中選擇其一時，就要使用這個助詞，等於是中文的「或、或者、還是」。若前面名詞最後一個字無收尾音，就要接「나」，而有收尾音時則要接「이나」。

【例】녹차 / 커피
→ 녹차나 커피 마실래요？ 你要不要喝綠茶或咖啡？
수영 / 요가
→ 수영이나 요가를 배우고 싶어요. 我想學游泳或瑜伽。

和副詞「다：都、全部」搭配的話，還可以表達選哪個、哪項都OK。
【例】저는 오늘이나 내일 다 괜찮아요. 不管是今天還是明天我都可以。

若「或、或者、還是」前方的單字，不是名詞而是動詞或形容詞時，不能用[illegible]掉，之後不用管是否有收尾音，直接將「거나」接上去即可。

【例】텔레비전을 보다 / 신문을 읽다
→ 아침 식사 후 텔레비전을 보거나 신문을 읽어요. 早餐後看電視或讀報紙。
신문을 읽다 / 텔레비전을 보다
→ 아침 식사 후 신문을 읽거나 텔레비전을 봐요. 早餐後讀報紙或看電視。

짜다 / 맵다
→ 너무 짜거나 매운 음식은 안 좋아해요. 我不喜歡太鹹或太辣的食物。
맵다 / 짜다
→ 너무 맵거나 짠 음식은 안 좋아해요. 我不喜歡太辣或太鹹的食物。

－014－

文法 I 練習－開口說說看 MP3-01

<STEP1>
케이크를 먹고 싶어요 / 아이스크림을 먹고 싶어요
→ 케이크나 아이스크림을 먹고 싶어요.

① 방학 동안 요가를 배우고 싶어요 / 방학 동안 태권도를 배우고 싶어요
② 여기에 핸드폰 번호를 써 주세요 / 여기에 메일 주소를 써 주세요
③ 보통 명동에서 쇼핑을 해요 / 보통 동대문 시장에서 쇼핑을 해요
④ 매운 음식은 드시지 마세요 / 짠 음식은 드시지 마세요

<STEP2>
주말에는 주로 영화를 봐요 / 주말에는 주로 쇼핑을 해요
→ 주말에는 주로 영화를 보거나 쇼핑을 해요.

주로：主要、大部分

① 식사 후에는 주로 과일을 먹어요 / 식사 후에는 주로 커피를 마셔요
② 자기 전에는 주로 일기를 써요 / 자기 전에는 주로 컴퓨터를 해요
③ 쉬는 날에는 주로 잠을 자요 / 쉬는 날에는 주로 텔레비전을 봐요
④ 음악을 들으면 기분이 좋아져요 / 운동을 하면 기분이 좋아져요

<STEP3>
A) 아침에 보통 뭐 먹어요？（샌드위치 / 김밥）
→ B) 샌드위치나 김밥을 먹어요.

① 우리 무슨 요일에 만날까요？（화요일 / 목요일）
② 신혼여행은 어디로 가고 싶어요？（일본 / 동남아）
③ 주말에 보통 뭐 해요？（친구를 만나다 / 집에서 컴퓨터게임을 하다）
④ 졸업 후에 뭐 할 거예요？（대학원에 가다 / 취직을 하다）

生字

아이스크림 冰淇淋	컴퓨터(를) 하다 用電腦	잠(을) 자다	졸업(을) 하다 畢業
요가 瑜伽	쉬는 날 休假	【動詞】睡覺＝자다	대학원 研究所
일기 日記	잠【名詞】睡覺	동남아 東南亞	취직(을) 하다 就職

大家的韓國語（初級2）　第一課

－015－

Step 2>>文法練習

由簡單的句子漸進至高層次複句，反覆練習，精熟句型。跟著MP3朗讀，發音語調才會標準，學習最正確的韓語。

Step 3>>單字

羅列最實用的初級字彙，奠定韓語基本實力。

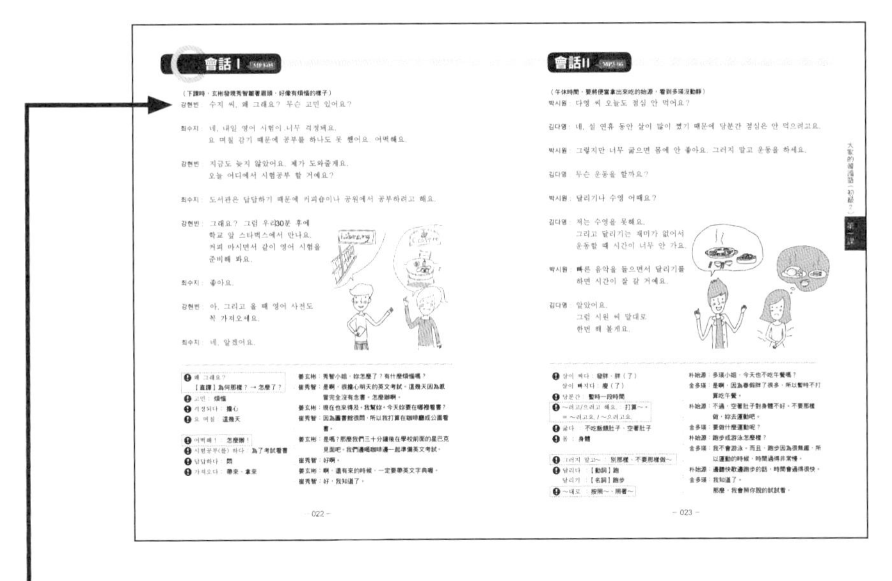

Step 4>>會話

依課程學習主軸，設定對話場景，應用所學句型，套用至實境，使用韓語交談一點也不難。

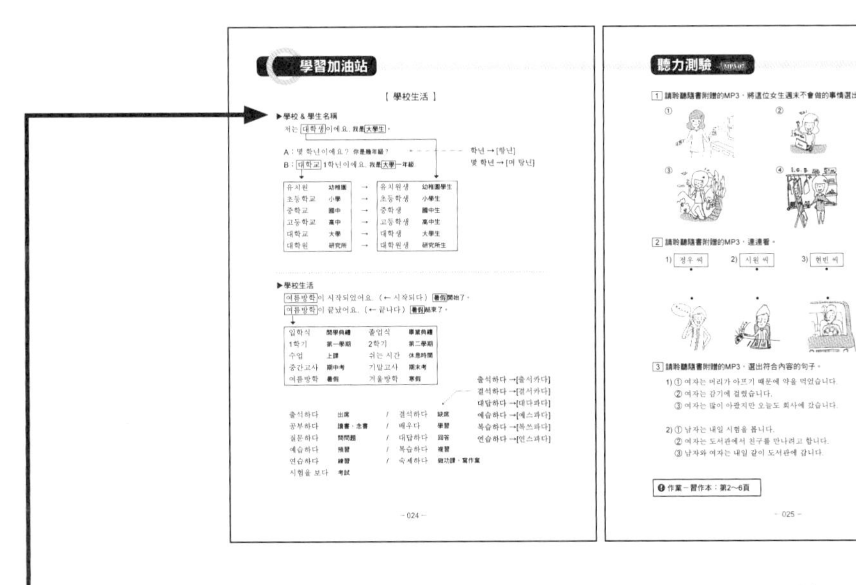

Step 5>>學習加油站

配合各課需要，補充相關用語或字彙，讓韓語表達更加順暢。

Step 6>>聽力測驗

搭配課程，精心設計豐富、活潑的聽力測驗，幫助融會貫通課程內容，了解自我學習成效。

Step 7>>輕鬆一下

依課程中出現的語彙或會話內容，延伸出韓國文化、社會、現況……等介紹。了解韓國，更快學會韓語！

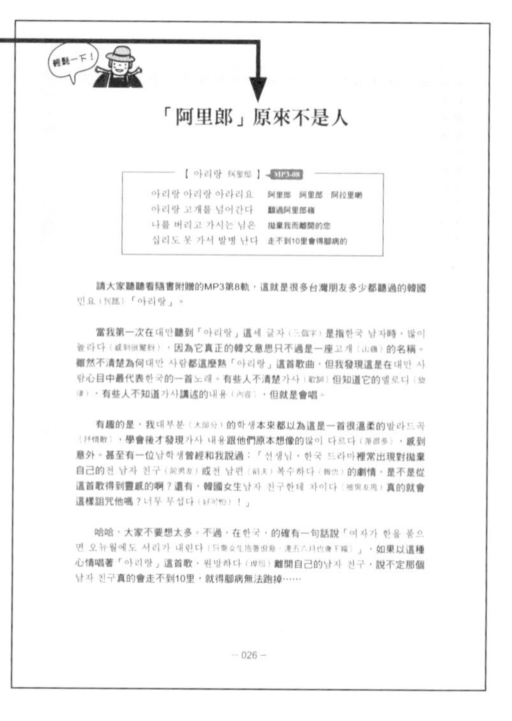

「阿里郎」原來不是人

【아리랑 阿里郎】MP3-08

아리랑 아리랑 아라리요　阿里郎　阿里郎　阿拉里喲
아리랑 고개를 넘어간다　翻過阿里郎嶺
나를 버리고 가시는 님은　拋棄我而離開的您
십리도 못 가서 발병 난다　走不到10里會得腳病的

請大家聽聽看隨書附贈的MP3第8軌，這就是很多台灣朋友多少都聽過的韓國민요（民謠）「아리랑」。

當我第一次在대만聽到「아리랑」這세 글자（三個字）是指한국 남자時，많이 놀라다（感到很驚訝），因為它真正的韓文意思只不過是一座고개（山嶺）的名稱。雖然不清楚為何대만 사람都這麼熟「아리랑」這首歌曲，但我發現這是在대만 사람心目中最代表한국的一首노래。有些人不清楚가사（歌詞）但知道它的멜로디（旋律），有些人不知道가사講述的내용（內容），但就是會唱。

有趣的是，我대부분（大部分）的학생本來都以為這是一首很溫柔的발라드곡（抒情歌），學會後才發現가사 내용跟他們原本想像的많이 다르다（差很多），感到意外。甚至有一位남학생曾經和我說過：「선생님，한국 드라마裡常出現對拋棄自己的전 남자 친구（前男友）或전 남편（前夫）복수하다（報仇）的劇情，是不是從這首歌得到靈感的啊？還有，韓國女生남자 친구한테 차이다（被男友甩）真的就會這樣詛咒他嗎？너무 무섭다（好可怕）！」

哈哈，大家不要想太多。不過，在한국，的確有一句話說「여자가 한을 품으면 오뉴월에도 서리가 내린다（只要女生抱著怨恨，連五六月也會下霜）」，如果以這種心情唱著「아리랑」這首歌，원망하다（埋怨）離開自己的남자 친구，說不定那個남자 친구真的會走不到10里，就得腳病無法跑掉……

— 026 —

높임말、존댓말（高級敬語）

韓語的敬語可分成高級敬語和普通級敬語，而這兩種敬語可再分成正式的說法與口語說法。

我們到目前所學的句型幾乎都是屬於普通級敬語，而現在要研究的「高級敬語」是用於比說話者年齡大或社會地位高很多的人，目的為表示對對方或提到人物的尊敬。至於「半語」，在第138頁再講解。「高級敬語」的公式，如下：

助詞

普通級敬語	高級敬語
이/가	께서
은/는	께서는
에게/한테	께
에게서/한테서	께

【例】MP3-63

친구가 회사에 가요.　→ 아버지께서 회사에 가세요.
朋友去公司。　父親去公司。
친구는 회사원이에요.　→ 아버지께서는 회사원이세요.
朋友是上班族。　父親是上班族。
친구에게 선물을 줬어요.　→ 아버지께 선물을 드렸어요.
送朋友禮物。　送父親禮物。
친구에게서 선물을 받았어요. → 아버지께 선물을 받았어요.
朋友送我禮物。　父親送我禮物。

- 132 -

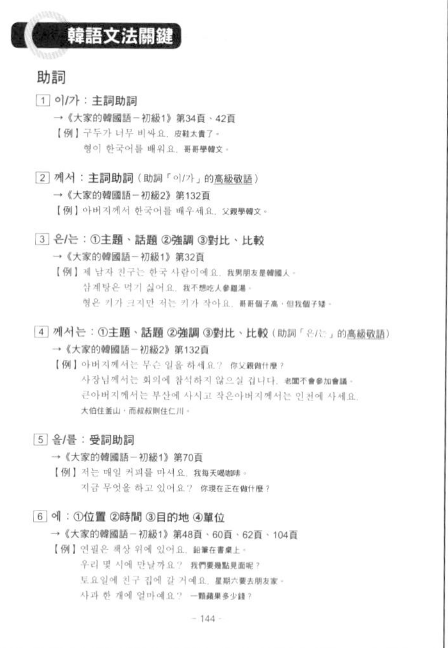

韓語文法關鍵

助詞

1 이/가：主詞助詞
→《大家的韓國語－初級1》第34頁、42頁
【例】구두가 너무 비싸요. 皮鞋太貴了。
형이 한국어를 배워요. 哥哥學韓文。

2 께서：主詞助詞（助詞「이/가」的高級敬語）
→《大家的韓國語－初級2》第132頁
【例】아버지께서 한국어를 배우세요. 父親學韓文。

3 은/는：①主題、話題 ②強調 ③對比、比較
→《大家的韓國語－初級1》第32頁
【例】제 남자 친구는 한국 사람이에요. 我男朋友是韓國人。
삼계탕은 먹기 싫어요. 我不想吃人參雞湯。
형은 키가 크지만 저는 키가 작아요. 哥哥個子高，但我個子矮。

4 께서는：①主題、話題 ②強調 ③對比、比較（助詞「은/는」的高級敬語）
→《大家的韓國語－初級2》第132頁
【例】아버지께서는 무슨 일을 하세요? 你父親做什麼？
사장님께서는 회의에 참석하지 않으실 겁니다. 老闆不會參加會議。
큰아버지께서는 부산에 사시고 작은아버지께서는 인천에 사세요.
大伯住釜山，而叔叔則住仁川。

5 을/를：受詞助詞
→《大家的韓國語－初級1》第70頁
【例】저는 매일 커피를 마셔요. 我每天喝咖啡。
지금 무엇을 하고 있어요? 你現在正在做什麼？

6 에：①位置 ②時間 ③目的地 ④單位
→《大家的韓國語－初級1》第48頁、60頁、62頁、104頁
【例】연필은 책상 위에 있어요. 鉛筆在書桌上。
우리 몇 시에 만날까요? 我們要幾點見面呢？
토요일에 친구 집에 갈 거예요. 星期六要去朋友家。
사과 한 개에 얼마예요? 一顆蘋果多少錢？

- 144 -

附錄

詳細解說韓語敬語、「不規則」變化、韓檢初級必背句型……等，可作學習補充與參考之外，也能當作複習重點。

❷ 測驗解答及索引，查詢最容易

聽力測驗分課解答

收錄各課聽力測驗解答與MP3錄音原文，最適合教學現場參考與學生自修。

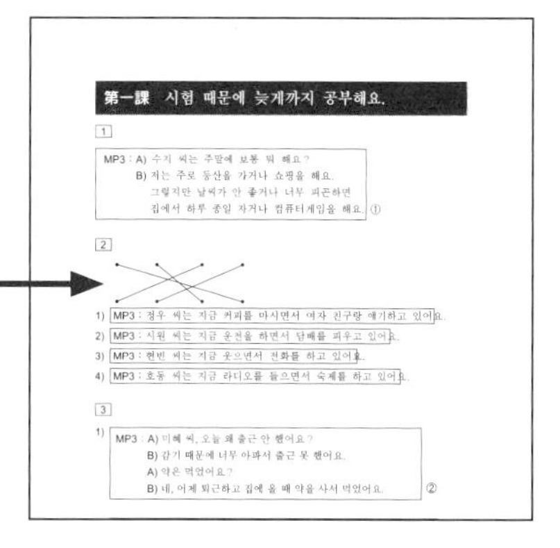
第一課　시험 때문에 늦게까지 공부해요.

1

MP3：A) 수지 씨는 주말에 보통 뭐 해요?
B) 저는 주로 등산을 가거나 쇼핑을 해요.
그렇지만 날씨가 안 좋거나 너무 피곤하면
집에서 하루 종일 자거나 컴퓨터게임을 해요. ①

2

1) MP3：정우 씨는 지금 커피를 마시면서 여자 친구랑 얘기하고 있어요.
2) MP3：시원 씨는 지금 운전을 하면서 담배를 피우고 있어요.
3) MP3：현빈 씨는 지금 웃으면서 전화를 하고 있어요.
4) MP3：호동 씨는 지금 라디오를 들으면서 숙제를 하고 있어요.

3

1) MP3：A) 미혜 씨, 오늘 왜 출근 안 했어요?
B) 감기 때문에 너무 아파서 출근 못 했어요.
A) 약은 먹었어요?
B) 네, 어제 퇴근하고 집에 올 때 약을 사서 먹었어요. ②

單字索引

將本書出現單字按韓語子音排列，便於檢索參照。

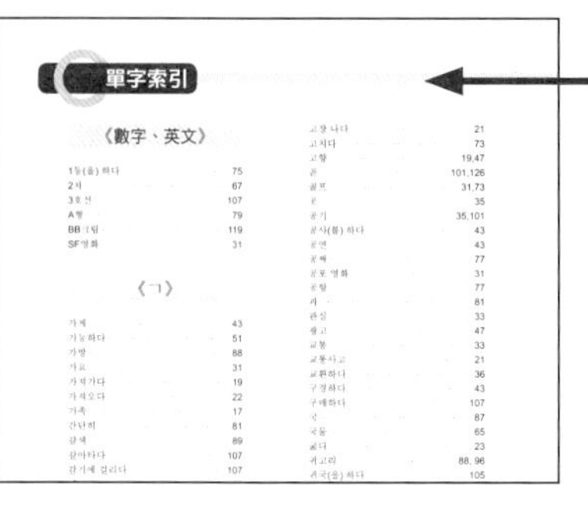
單字索引

《數字、英文》

《ㄱ》

❸ 搭配習作本練習，學習零疏漏

精心設計的練習題目，讓學習不會因為下課而中斷。除了每課練習之外，還有2回綜合複習，統合整理各階段學習成果。

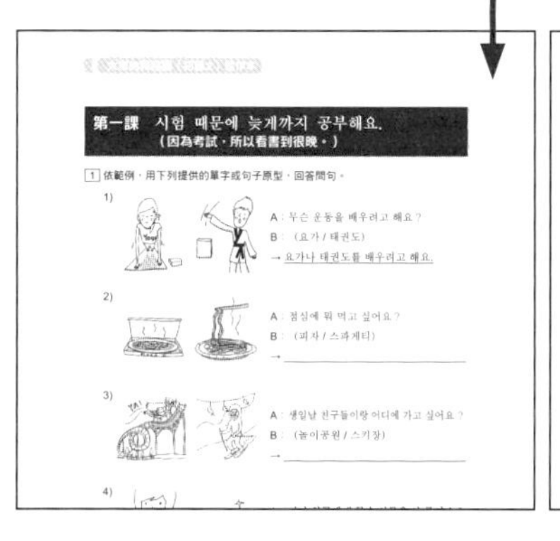
第一課　시험 때문에 늦게까지 공부해요.
（因為考試，所以看書到很晚。）

1 依範例，用下列提供的單字或句子原型，回答問句。

1) A：무슨 운동을 배우려고 해요?
B：（요가 / 태권도）
→ 요가나 태권도를 배우려고 해요.

2) A：점심에 뭐 먹고 싶어요?
B：（피자 / 스파게티）
→ ______

3) A：생일날 친구들이랑 어디에 가고 싶어요?
B：（놀이공원 / 스키장）
→ ______

4)

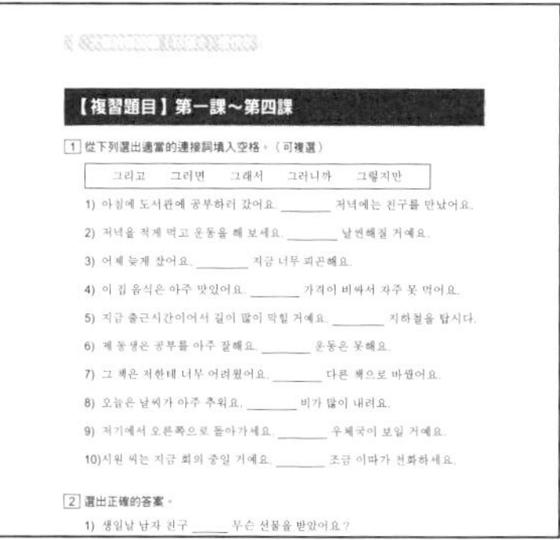
【複習題目】第一課～第四課

1 從下列選出適當的連接詞填入空格。（可複選）

그리고　그러면　그래서　그러니까　그렇지만

1) 아침에 도서관에 공부하러 갔어요. ______ 저녁에는 친구를 만났어요.
2) 저녁을 적게 먹고 운동을 해 보세요. ______ 날씬해질 거예요.
3) 어제 늦게 잤어요. ______ 지금 너무 피곤해요.
4) 이 집 음식은 아주 맛있어요. ______ 가격이 비싸서 자주 못 먹어요.
5) 지금 출근시간이어서 길이 많이 막힐 거예요. ______ 지하철을 탑시다.
6) 제 동생은 공부를 아주 잘해요. ______ 운동은 못해요.
7) 그 책은 저한테 너무 어려웠어요. ______ 다른 책으로 바꿨어요.
8) 오늘은 날씨가 아주 추워요. ______ 비가 많이 내려요.
9) 저기에서 오른쪽으로 돌아가세요. ______ 우체국이 보일 거예요.
10) 시원 씨는 지금 회의 중일 거예요. ______ 조금 이따가 전화하세요.

2 選出正確的答案。

1) 생일날 남자 친구 ______ 무슨 선물을 받았어요?

如何掃描 QR Code 下載音檔

1. 以手機內建的相機或是掃描 QR Code 的 App 掃描封面的 QR Code。
2. 點選「雲端硬碟」的連結之後，進入音檔清單畫面，接著點選畫面右上角的「三個點」。
3. 點選「新增至『已加星號』專區」一欄，星星即會變成黃色或黑色，代表加入成功。
4. 開啟電腦，打開您的「雲端硬碟」網頁，點選左側欄位的「已加星號」。
5. 選擇該音檔資料夾，點滑鼠右鍵，選擇「下載」，即可將音檔存入電腦。

目錄

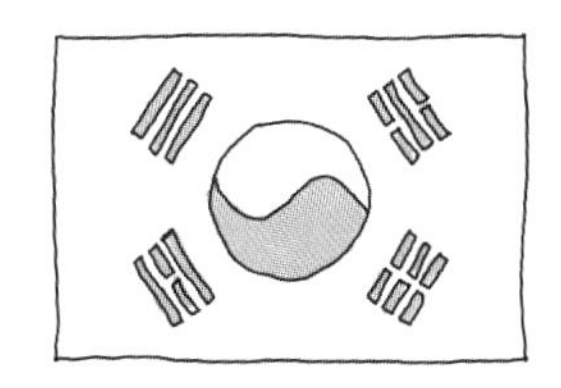

〈作者的小提醒〉

2021年7月，南韓的「文化體育觀光部」正式將韓國泡菜（김치 / Kimchi）之標準中文翻譯，由「泡菜」變更為「辛奇」。
為了方便讀者理解，本書出現的「김치」，都搭配「韓國泡菜 / 辛奇」這樣的中譯，希望大家能夠對「辛奇」這個說法越來越熟悉，甚至熟悉到一看到「김치」，就可以自然而然講出「辛奇」的那天來臨。

作者 金玟志 敬上 ♥

韓國 Q&A

Q：大韓民國？韓國？南韓？

大韓民國（대한민국）簡稱韓國（한국），是位於亞洲東北部的半島國家。半島的北部與中國和俄羅斯連接，半島東部與日本隔東海相望。

1950年韓戰爆發，1953年休戰協定後，朝鮮半島一分為二，分成民主主義的「南韓（남한）」與共產主義的「北韓（북한）」。「大韓民國」、「韓國」等名稱都是指南韓，現在台灣很受歡迎的那些韓劇、韓文歌或韓國服裝、彩妝都是南韓的東西。南韓的總面積10萬平方公里，人口接近5000萬，首都為首爾（서울）。國旗稱為太極旗（태극기），國花為木槿花（무궁화），主要宗教為基督教、天主教、佛教。

Q：韓國主要都市有哪些？

下方是韓國地圖。地圖上的「～道」為行政區域之一，等於是台灣的「～縣」。

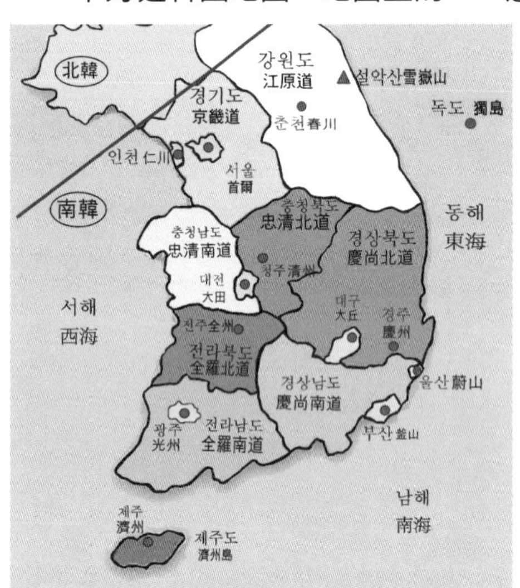

首爾（서울）

首都（人口1000萬），擁有600年的歷史，韓國政治、社會、經濟、文化中心。

仁川（인천）

貿易港口城市，韓國國際機場也在這裡。仁川機場到首爾，和桃園機場到台北的距離差不多，大概40分鐘的車程。

春川（춘천）

以韓劇《冬季戀歌》拍攝地點與當地名菜「辣炒雞排（닭갈비）」聞名的地方。賞楓葉最佳選擇的「雪嶽山（설악산）」也和春川一樣位於江原道。

慶州（경주）

完整保留新羅佛教文化的千年古都。新羅為韓國歷史上的朝代之一，韓劇《善德女王》就是講這個時代的故事。

釜山（부산）

位於韓國東南部的慶尚南道，是韓國第二大城市（人口360萬），也是韓國最大的貿易港口城市。每年舉辦「釜山國際電影節」，吸引很多外國觀光客。

濟州島（제주도）

濟州島位於韓國的最南部。由於氣候宜人、風景美麗，因此有「韓國的夏威夷」之稱，也是韓國人度假、度蜜月的首選。

第一課

시험 때문에 늦게까지 공부해요.

（因為考試，所以看書到很晚。）

☯重點提示☯

1. 名詞（收X）나 / 名詞（收O）이나 ｜ 動、形거나　～或、或者、還是

2. 動詞（收X、收「ㄹ」）면서　一邊動詞一邊～
動詞（收O）으면서

3. 名詞 때 ｜ 動、形（收X）ㄹ / 動、形（收O）을 / 動、形（收「ㄹ」） } 때　～的時候

4. 名詞 때문에 / 動、形기 때문에　因為名、動、形，所以～

文法 I

名詞（收X）나 / 名詞（收O）이나 | 動、形 거나　～或、或者、還是

「나/이나」為名詞後方接上去的助詞，在韓文中有好幾種用法，但目前的階段，只要知道它可以像英文的「or」一樣表示選擇即可。當需列舉幾樣東西，或要從前後名詞（人、東西、事情）中選擇其一時，就要使用這個助詞，等於是中文的「或、或者、還是」。若前面名詞最後一個字無收尾音，就要接「나」，而有收尾音時則要接「이나」。

【例】녹차 / 커피
→ 녹차나 커피 마실래요？ 你要不要喝綠茶或咖啡？
수영 / 요가
→ 수영이나 요가를 배우고 싶어요. 我想學游泳或瑜伽。

和副詞「다：都、全部」搭配的話，還可以表達選哪個、哪項都OK。
【例】저는 오늘이나 내일 다 괜찮아요. 不管是今天還是明天我都可以。

若「或、或者、還是」前方的單字，不是名詞而是動詞或形容詞時，不能用「나/이나」而要用「거나」。此時先將動詞、形容詞原型的最後一個字「다」去掉，之後不用管是否有收尾音，直接將「거나」接上去即可。

【例】텔레비전을 보다 / 신문을 읽다
→ 아침 식사 후 텔레비전을 보거나 신문을 읽어요. 早餐後看電視或讀報紙。
신문을 읽다 / 텔레비전을 보다
→ 아침 식사 후 신문을 읽거나 텔레비전을 봐요. 早餐後讀報紙或看電視。

짜다 / 맵다
→ 너무 짜거나 매운 음식은 안 좋아해요. 我不喜歡太鹹或太辣的食物。
맵다 / 짜다
→ 너무 맵거나 짠 음식은 안 좋아해요. 我不喜歡太辣或太鹹的食物。

文法 | 練習－開口說說看 MP3-01

<STEP1>

케이크를 먹고 싶어요 / 아이스크림을 먹고 싶어요

→ 케이크나 아이스크림을 먹고 싶어요.

① 방학 동안 요가를 배우고 싶어요 / 방학 동안 태권도를 배우고 싶어요

② 여기에 핸드폰 번호를 써 주세요 / 여기에 메일 주소를 써 주세요

③ 보통 명동에서 쇼핑을 해요 / 보통 동대문 시장에서 쇼핑을 해요

④ 매운 음식은 드시지 마세요 / 짠 음식은 드시지 마세요

<STEP2>

주로：主要、大部分

주말에는 주로 영화를 봐요 / 주말에는 주로 쇼핑을 해요

→ 주말에는 주로 영화를 보거나 쇼핑을 해요.

① 식사 후에는 주로 과일을 먹어요 / 식사 후에는 주로 커피를 마셔요

② 자기 전에는 주로 일기를 써요 / 자기 전에는 주로 컴퓨터를 해요

③ 쉬는 날에는 주로 잠을 자요 / 쉬는 날에는 주로 텔레비전을 봐요

④ 음악을 들으면 기분이 좋아져요 / 운동을 하면 기분이 좋아져요

<STEP3>

A) 아침에 보통 뭐 먹어요？（샌드위치 / 김밥）

→ B) 샌드위치나 김밥을 먹어요.

① 우리 무슨 요일에 만날까요？（화요일 / 목요일）

② 신혼여행은 어디로 가고 싶어요？（일본 / 동남아）

③ 주말에 보통 뭐 해요？（친구를 만나다 / 집에서 컴퓨터게임을 하다）

④ 졸업 후에 뭐 할 거예요？（대학원에 가다 / 취직을 하다）

生字

아이스크림 冰淇淋
요가 瑜伽
일기 日記
컴퓨터(를) 하다 用電腦
쉬는 날 休假
잠【名詞】睡覺
잠(을) 자다【動詞】睡覺＝자다
동남아 東南亞
졸업(을) 하다 畢業
대학원 研究所
취직(을) 하다 就職

文法II

動詞（收X、收「ㄹ」） 면서
動詞（收O） 으면서

一邊 動詞 一邊～

此句型表示句中的主詞同時做兩件事情，等於是中文的「一邊～一邊～」、「邊～邊～」。先將動詞原型裡的「다」去掉之後，看剩下部分收尾音的狀況，再決定要加哪個語尾。

沒有收尾音：노래하면서 춤을 춰요. 邊唱歌邊跳舞。
收尾音為「ㄹ」：울면서 말했어요. 邊哭邊說。
其他收尾音：과자를 먹으면서 TV를 봐요. 邊吃餅乾邊看電視。

「ㄷ不規則」的變化：음악을 들으면서 집안일을 해요.
邊聽音樂邊做家事。（原型듣다 → 들으면서）

此句型本身無法表示時態，若要敘述過去或未來的事情，只能靠整句的最後一個動詞呈現時態。
【例】아까 커피를 마시면서 TV를 봤어요. 剛才邊喝咖啡邊看電視。
식사 후 커피를 마시면서 TV를 볼 거예요. 用餐之後我要邊喝咖啡邊看電視。

小叮嚀

1. 此句型用於同時發生的事情，因此「～면서/으면서」前後文八成對調也無妨。
   【例】노래를 하면서 춤을 춰요. = 춤을 추면서 노래를 해요.
   邊唱歌邊跳舞。　邊跳舞邊唱歌。
2. 此句型表示同一個人同時進行兩件事，因此「～면서/으면서」前後文的主詞必須相同，且在句中，主詞只能出現一次。
   【例】我在邊吃餅乾邊看雜誌。
   저는 과자를 먹으면서 잡지를 보고 있어요.（O）
   저는 과자를 먹으면서 저는 잡지를 보고 있어요.（X）
   저는 과자를 먹으면서 친구는 잡지를 보고 있어요.（X）
3. 名詞或形容詞接此句型的用法 → 請參考《大家的韓國語－中級Ⅰ》

文法II練習－開口說說看 MP3-02

<STEP1>

텔레비전을 보다 / 식사를 하다 → 텔레비전을 보면서 식사를 해요.
→ 식사를 하면서 텔레비전을 봐요.

① 피아노를 치다 / 노래를 하다
② 식사를 하다 / 가족들과 얘기하다
③ 학교에 다니다 / 아르바이트를 하다
④ 음식을 만들다 / 노래를 부르다
⑤ 팝콘을 먹다 / 영화를 보다
⑥ 신문을 읽다 / 담배를 피우다
⑦ 라디오를 듣다 / 운전을 하다
⑧ 노래를 듣다 / 일을 하다

<STEP2>

친구를 기다리다 + 커피를 마셨어요 → 친구를 기다리면서 커피를 마셨어요.

① 운전을 하다 + 전화를 받으면 위험해요
② 아내는 드라마나 영화를 보다 + 잘 울어요
③ 그 아이는 울다 + 집에 갔어요
④ 친구가 웃다 + 전화를 하고 있어요
⑤ 껌을 씹다 + 수업을 듣지 마세요
⑥ 저는 항상 음악을 듣다 + 공부를 해요

피아노 鋼琴
치다 彈（樂器）
가족 家族、家人
얘기(를) 하다 聊天
= 이야기하다
다니다 上（學、班）

만들다 作、製造
부르다 唱
팝콘 爆米花
담배 香菸
피우다 抽（菸）
운전(을) 하다 開車

전화(를) 받다 接電話
위험하다 危險
울다 哭
잘 울다 很會哭、愛哭
웃다 笑
껌 口香糖

씹다 嚼
수업을 듣다 聽課
【更多學校生活】
→第24頁
항상 總是、經常

名詞 때 ｜ 動、形（收X）ㄹ / 動、形（收O）을 / 動、形（收「ㄹ」） } 때　～的時候

此句型表示前段的動作或狀態進行時，後段的事情也同時發生，等於是中文的「～的時候」、「當～時」。按照前方單字的詞性或收尾音的狀況，「～때」要接上去的方式會有所不同。

名詞：여름방학 때 아르바이트를 할 거예요. 暑假的時候，我要打工。
動、形（收X）：머리가 아플 때 이 약을 드세요. 頭痛的時候，請吃這個藥。
動、形（收O）：기분이 안 좋을 때 주로 뭐 해요？ 心情不好的時候，你都做什麼？
動、形（收「ㄹ」）：비빔밥을 만들 때 당근도 필요해요？ 做拌飯時也需要紅蘿蔔嗎？

「ㅂ不規則」的變化：날씨가 너무 더울 때는 밥도 먹기 싫어요.
天氣太熱的時候，飯也不想吃。（原型덥다 → 더울 때）
「ㄷ不規則」的變化：이 노래를 들을 때마다 첫사랑이 생각나요.
每當聽這首歌時，會想起初戀。（原型듣다 → 들을 때）

此句型還可以和動詞、形容詞的過去式作結合，表示過去發生的事情。若「～때」的前文是後文事情發生時持續進行的事情，用上方的基本句型（現在式）也無妨。
【例】형은 고등학교에 다닐 때 공부를 아주 잘했어요. 哥哥上高中時，書念得很好。
＝ 형은 고등학교에 다녔을 때 공부를 아주 잘했어요.

但若「～때」前後文的內容，時間上的順序很明確時（例如其中一個早已發生或完成結束時），就不能像上例一樣互換。
【例】밥을 먹을 때 전화가 왔어요. 當我在吃飯時，電話來了。
밥을 다 먹었을 때 전화가 왔어요. 當我把飯吃完時，電話來了。

슈퍼마켓에 갈 때 교통사고가 났어요. 去超市時，發生了車禍。
친구가 우리 집에 왔을 때 저는 집에 없었어요. 朋友來我家時，我不在家。

文法Ⅲ練習－開口說說看 MP3-03

<STEP1>

여름방학 / 식당에서 아르바이트를 할 거예요

→ 여름방학 때 식당에서 아르바이트를 할 거예요.

① 설 연휴 / 고향에 가려고 해요
② 일곱 살 / 서울로 이사왔어요
③ 크리스마스 / 친구들과 파티를 했어요
④ 초등학교 / 피아노를 배운 적이 있어요

<STEP2>

학교에 가다 / 우산을 가져가다 → 학교에 갈 때 우산을 가져가세요.

① 심심하다 / 이 책을 한번 읽어 보세요
② 면접 보다 / 너무 긴장하지 마세요
③ 회의하다 / 휴대폰을 꺼 주세요
④ 기분이 안 좋다 / 큰소리로 노래를 부르면 기분이 좋아져요
⑤ 이 창문을 열다 / 조심하세요
⑥ 이곳에서 음악을 듣다 / 이어폰을 꼭 사용해 주세요

<STEP3>

어리다 / 시골에서 살았어요 → 어렸을 때 시골에서 살았어요.

어렸을 때＝어릴 때
：小時候

① 어리다 / 꿈은 가수였어요
② 공항에 도착하다 / 비행기는 이미 떠났어요
③ 제주도에 놀러 가다 / 카메라를 잃어버렸어요
④ 감기에 걸리다 / 찬 음료수는 마시지 마세요

生字

설 연휴 春節連假
고향 故鄉
이사(를) 하다 搬家
～로 이사(를) 오다 搬到～來
파티(를) 하다 開派對
초등학교 小學

【更多學校名稱】
→第24頁
가져가다 帶去、拿去
심심하다 無聊
면접 【名詞】面試
면접(을) 보다 【動詞】面試

긴장(을) 하다 緊張
소리 聲音
큰소리 大聲
좋아지다 變好
조심(을) 하다 小心
이어폰 耳機
어리다 年幼、年紀小

시골 鄉下
꿈 ①夢 ②夢想
도착하다 到達
이미 已經
떠나다 離開、出發
잃어버리다 弄丟
차다 冷、冰

文法IV

名詞 때문에
動、形기 때문에
因為名、動、形，所以～

此句型表示句子前後文的因果關係，等於是中文的「因為～，所以～」。

名詞：

남자 친구 때문에 한국어를 배워요. 因為男友學韓文。

名詞＋이다：

남자 친구가 한국 사람이기 때문에 한국어를 배워요. 因為男友是韓國人，所以學韓文。

動詞、形容詞：

요즘 다이어트를 하기 때문에 저녁을 안 먹어요. 最近因為減肥，所以不吃晚餐。

김치는 너무 맵기 때문에 못 먹어요. 因為泡菜太辣了，所以我不敢吃。

小叮嚀

1. 此句型在很多情況下，可和另外一個表示「原因」的說法「～아서/어서/해서（《大家的韓國語－初級1》第188頁）」做替換。

【例】因為頭痛，所以吃藥。

머리가 아파서 약을 먹어요.

= 머리가 아프기 때문에 약을 먹어요.

2. 使用「～아서/어서/해서」句型時，用整句的最後一個動詞或形容詞呈現時態即可。但此句型，它本身也要表示時態才行（尤其針對過去）。

【例】昨天因為很不舒服，所以沒能去學校。

어제는 많이 아파서 학교에 못 갔어요.

= 어제는 많이 아팠기 때문에 학교에 못 갔어요.

3. 此句型後方不能放表示「建議、命令」的句子。

【例】外面下雨，所以請你帶雨傘去。

밖에 비가 오기 때문에 우산을 가지고 가세요. (X)

밖에 비가 오니까 우산을 가지고 가세요. (O)

※關於連接詞尾「니까/으니까」→ 請參考第64頁

文法IV練習－開口說說看 MP3-04

<STEP1>

감기 / 병원에 갔어요 → 감기 때문에 병원에 갔어요.

① 컴퓨터 / 동생하고 싸웠어요
② 친구 / 화가 많이 났어요
③ 교통사고 / 길이 복잡해요
④ 시험 / 스트레스를 많이 받아요

<STEP2>

남자 친구가 한국 사람이다 / 한국어를 배워요
→ 남자 친구가 한국 사람이기 때문에 한국어를 배워요.

① 내일이 동생 생일이다 / 케이크를 샀어요
② 돈이 없다 / 여행을 갈 수 없어요
③ 오늘은 일이 많다 / 여자 친구를 못 만나요
④ 그 식당은 서비스가 좋다 / 손님이 항상 많아요
⑤ 다음 주에 시험을 보다 / 요즘 매일 도서관에 가요
⑥ 그날은 출장을 가다 / 동창회에 참석할 수 없어요 —— 그날：那天

<STEP3>

어제는 너무 아프다 / 학교에 못 갔어요
→ 어제는 너무 아팠기 때문에 학교에 못 갔어요.

① 방금 과자를 먹다 / 배가 안 고파요
② 컴퓨터가 고장 나다 / 이메일을 못 보내요
③ 길이 많이 막히다 / 늦었어요
④ 오늘 아침에 늦게 일어나다 / 지각을 했어요

生字

싸우다 吵架、打架
화가 나다 生氣
교통사고 交通事故
복잡하다 複雜
스트레스 壓力
스트레스를 받다 有壓力、受到壓力
서비스 服務
손님 客人
그날 那天
출장 出差
동창회 同學會
참석하다 出席、參加
배고프다 肚子餓
= 배가 고프다
고장 나다 故障
막히다 塞住、塞（車）
지각(을) 하다 遲到（通常用在學校、公司）

會話 I MP3-05

（下課時，玄彬發現秀智皺著眉頭，好像有煩惱的樣子）

강현빈 : 수지 씨, 왜 그래요? 무슨 고민 있어요?

최수지 : 네, 내일 영어 시험이 너무 걱정돼요.
요 며칠 감기 때문에 공부를 하나도 못 했어요. 어떡해요.

강현빈 : 지금도 늦지 않았어요. 제가 도와줄게요.
오늘 어디에서 시험공부 할 거예요?

최수지 : 도서관은 답답하기 때문에 커피숍이나 공원에서 공부하려고 해요.

강현빈 : 그래요? 그럼 우리 30분 후에
학교 앞 스타벅스에서 만나요.
커피 마시면서 같이 영어 시험을
준비해 봐요.

최수지 : 좋아요.

강현빈 : 아, 그리고 올 때 영어 사전도
꼭 가져오세요.

최수지 : 네, 알겠어요.

❗ 왜 그래요?
【直譯】為何那樣？→ 怎麼了？

❗ 고민 : 煩惱

❗ 걱정되다 : 擔心

❗ 요 며칠 : 這幾天

❗ 어떡해! : 怎麼辦！

❗ 시험공부(를) 하다 : 為了考試看書

❗ 답답하다 : 悶

❗ 가져오다 : 帶來、拿來

姜玄彬：秀智小姐，妳怎麼了？有什麼煩惱嗎？
崔秀智：是啊，很擔心明天的英文考試。這幾天因為感冒完全沒有念書。怎麼辦啊。
姜玄彬：現在也來得及。我幫妳。今天妳要在哪裡看書？
崔秀智：因為圖書館很悶，所以我打算在咖啡廳或公園看書。
姜玄彬：是嗎？那麼我們三十分鐘後在學校前面的星巴克見面吧。我們邊喝咖啡邊一起準備英文考試。
崔秀智：好啊。
姜玄彬：啊，還有來的時候，一定要帶英文字典喔。
崔秀智：好，我知道了。

會話II MP3-06

（午休時間，要將便當拿出來吃的始源，看到多瑛沒動靜）

박시원 : 다영 씨 오늘도 점심 안 먹어요?

김다영 : 네, 설 연휴 동안 살이 많이 쪘기 때문에 당분간 점심은 안 먹으려고요.

박시원 : 그렇지만 너무 굶으면 몸에 안 좋아요. 그러지 말고 운동을 하세요.

김다영 : 무슨 운동을 할까요?

박시원 : 달리기나 수영 어때요?

김다영 : 저는 수영을 못해요.
그리고 달리기는 재미가 없어서
운동할 때 시간이 너무 안 가요.

박시원 : 빠른 음악을 들으면서 달리기를
하면 시간이 잘 갈 거예요.

김다영 : 알았어요.
그럼 시원 씨 말대로
한번 해 볼게요.

- 살이 찌다 : 發胖、胖（了）
  살이 빠지다 : 瘦（了）
- 당분간 : 暫時一段時間
- ～려고/으려고 해요. : 打算～。
  = ～려고요. / ～으려고요.
- 굶다 : 不吃飯餓肚子、空著肚子
- 몸 : 身體
- 그러지 말고～ : 別那樣、不要那樣做～
- 달리다 : 【動詞】跑
  달리기 : 【名詞】跑步
- ～대로 : 按照～、照著～

朴始源：多瑛小姐，今天也不吃午餐嗎？

金多瑛：是啊，因為春假胖了很多，所以暫時不打算吃午餐。

朴始源：不過，空著肚子對身體不好。不要那樣做，妳去運動吧。

金多瑛：要做什麼運動呢？

朴始源：跑步或游泳怎麼樣？

金多瑛：我不會游泳。而且，跑步因為很無趣，所以運動的時候，時間過得非常慢。

朴始源：邊聽快歌邊跑步的話，時間會過得很快。

金多瑛：我知道了。
那麼，我會照你說的試試看。

學習加油站

【 學校生活 】

▶學校 & 學生名稱

저는 대학생이에요. 我是大學生。

A：몇 학년이에요？ 你是幾年級？

B：대학교 1학년이에요. 我是大學一年級.

학년 → [항년]
몇 학년 → [며 탕년]

유치원	幼稚園	→	유치원생	幼稚園學生
초등학교	小學	→	초등학생	小學生
중학교	國中	→	중학생	國中生
고등학교	高中	→	고등학생	高中生
대학교	大學	→	대학생	大學生
대학원	研究所	→	대학원생	研究所生

▶學校生活

여름방학이 시작되었어요. (← 시작되다) 暑假開始了。

여름방학이 끝났어요. (← 끝나다) 暑假結束了。

입학식	開學典禮	졸업식	畢業典禮
1학기	第一學期	2학기	第二學期
수업	上課	쉬는 시간	休息時間
중간고사	期中考	기말고사	期末考
여름방학	暑假	겨울방학	寒假

출석하다 →[출서카다]
결석하다 →[결서카다]
대답하다 →[대다파다]
예습하다 →[예스파다]
복습하다 →[복쓰파다]
연습하다 →[연스파다]

출석하다	出席	/	결석하다	缺席
공부하다	讀書、念書	/	배우다	學習
질문하다	問問題	/	대답하다	回答
예습하다	預習	/	복습하다	複習
연습하다	練習	/	숙제하다	做功課、寫作業
시험을 보다	考試			

聽力測驗 MP3-07

1 請聆聽隨書附贈的MP3，將這位女生週末不會做的事情選出來。

①

②

③

④

2 請聆聽隨書附贈的MP3，連連看。

1) 정우 씨　　2) 시원 씨　　3) 현빈 씨　　4) 호동 씨

3 請聆聽隨書附贈的MP3，選出符合內容的句子。

1) ① 여자는 머리가 아프기 때문에 약을 먹었습니다.
② 여자는 감기에 걸렸습니다.
③ 여자는 많이 아팠지만 오늘도 회사에 갔습니다.

2) ① 남자는 내일 시험을 봅니다.
② 여자는 도서관에서 친구를 만나려고 합니다.
③ 남자와 여자는 내일 같이 도서관에 갑니다.

❗ 作業－習作本：第2～6頁

「阿里郎」原來不是人

【 아리랑 阿里郎 】 MP3-08

아리랑 아리랑 아라리요	阿里郎　阿里郎　阿拉里喲
아리랑 고개를 넘어간다	翻過阿里郎嶺
나를 버리고 가시는 님은	拋棄我而離開的您
십리도 못 가서 발병 난다	走不到10里會得腳病的

請大家聽聽看隨書附贈的MP3第8軌，這就是很多台灣朋友多少都聽過的韓國민요（民謠）「아리랑」。

當我第一次在대만聽到「아리랑」這세 글자（三個字）是指한국 남자時，많이 놀라다（感到很驚訝），因為它真正的韓文意思只不過是一座고개（山嶺）的名稱。雖然不清楚為何대만 사람都這麼熟「아리랑」這首歌曲，但我發現這是在대만 사람心目中最代表한국的一首노래。有些人不清楚가사（歌詞）但知道它的멜로디（旋律），有些人不知道가사講述的내용（內容），但就是會唱。

有趣的是，我대부분（大部分）的학생本來都以為這是一首很溫柔的발라드곡（抒情歌），學會後才發現가사 내용跟他們原本想像的많이 다르다（差很多），感到意外。甚至有一位남학생曾經和我說過：「선생님，한국 드라마裡常出現對拋棄自己的전 남자 친구（前男友）或전 남편（前夫）복수하다（報仇）的劇情，是不是從這首歌得到靈感的啊？還有，韓國女生남자 친구한테 차이다（被男友甩）真的就會這樣詛咒他嗎？너무 무섭다（好可怕）！」

哈哈，大家不要想太多。不過，在한국，的確有一句話說「여자가 한을 품으면 오뉴월에도 서리가 내린다（只要女生抱著恨意，連五六月也會下霜）」，如果以這種心情唱著「아리랑」這首歌，원망하다（埋怨）離開自己的남자 친구，說不定那個남자 친구真的會走不到10里，就得腳病無法跑掉……

한국말을 잘했으면 좋겠어요.

（希望很會講韓文。）

☯重點提示☯

1.【形容詞的副詞化】

形容詞 게＋動詞　形容詞 地 動詞、動詞 得 形容詞。

2.【動詞的名詞化】

動詞 기
動詞 는 것

3. 動詞 기＋形容詞（쉽다／어렵다…）　動詞＋形容詞、動詞
　　　＋動詞（시작하다…）

4. 動、形 았으면 ／ 動、形 었으면 ／ 動、形 했으면 ｝좋겠다　希望 動、形

文法 I

【形容詞的副詞化】

形容詞 게 ＋ 動詞 → 形容詞 地 動詞 ／ 動詞 得 形容詞

到目前為止我們所學的句型，句子裡形容詞的位置都是以下兩種之一。

1. 位於句子的最後方：敘述、形容主詞的情形、狀態

【例】여자 친구는 예뻐요. 女朋友（很）漂亮。

2. 位於名詞的前方：修飾名詞（變化公式→《大家的韓國語－初級1》第186頁）

【例】예쁜 여자 친구 漂亮的女朋友

但有時需要用形容詞來補助動詞，例如：「女朋友長得漂亮。」這時候敘述整句內容主要來自動詞，所以不能用上方第一個方式處理形容詞，而且該形容詞也不算在修飾名詞，因此不能用上方第二個方式處理它。這種情況該怎麼處理才可以讓形容詞和動詞順利同時出現在一個句子裡呢？簡單！只要先拿掉形容詞原型裡共同具有的「다」之後，再加個「게」即可。

【例】예쁘다（形容詞：漂亮）＋생겼다（動詞：長）→ 예쁘게 생겼다（長得漂亮）
제 여자 친구는 예쁘게 생겼어요. 我女朋友長得漂亮。

這就是**形容詞的副詞化**用法，所謂的「副詞」在句子裡的功能就是補助動詞的意思，通常翻譯成中文的「形容詞 地 動詞」或「動詞 得 形容詞」。

【例】바쁘다（形容詞：忙）＋일하다（動詞：工作）→ 바쁘게 일해요.（很忙碌地工作。）
늦다（形容詞：晚）＋오다（動詞：來）→ 늦게 왔어요.（來得晚。）

小叮嚀

「ㄹ不規則」的變化

當一個動詞，它的原型最後一個字「다」前面字的收尾音為「ㄹ」，並且後方要接「～세요/으세요」句型時，動詞變化過程中收尾音「ㄹ」會消失。

【例】살다（動詞：住、過日子）→ 행복하게 사세요（祝你幸福地過日子。）
만들다（動詞：做、製造）→ 더 크게 만드세요.（請你做得更大一點。）

文法 I 練習－開口說說看 MP3-09

<STEP1>

제 동생은 아주 (귀엽다 + 생겼어요) → 제 동생은 아주 귀엽게 생겼어요.

① 옆집 아저씨는 좀 (무섭다 + 생겼어요)
② 호동 씨는 음식을 아주 (맛있다 + 먹어요)
③ 슈퍼주니어 콘서트 아주 (재미있다 + 봤어요)
④ 크리스마스 (즐겁다 + 보내세요)

<STEP2>

손님, 돌솥비빔밥 나왔습니다. (맛있다 + 드세요)
→ 손님, 돌솥비빔밥 나왔습니다. 맛있게 드세요.

① 선물할 거예요. (예쁘다 + 포장해 주세요)
② 잘 안 들려요. (좀 더 크다 + 말해 주세요)
③ 결혼 축하해요. (두 분 행복하다 + 사세요)

살다＋～세요
→ 사세요

<STEP3>

A) 점심에 불고기 잘 먹었어요?
B) 네, 아주 (맛있다) 먹었어요.
→ B) 네, 아주 맛있게 먹었어요.

① 어제 뭐 했어요? / 친구들하고 롯데월드에 가서 (재미있다) 놀았어요
② 카메라 새로 샀어요? / 네, 인터넷에서 (싸다) 샀어요
③ 그동안 어떻게 지냈어요? / 회사 일 때문에 (바쁘다) 지냈어요
④ 머리 어떻게 해 드릴까요? / (짧다) 잘라 주세요

生字

생기다 長得(怎麼樣)
옆집 鄰居、隔壁
무섭다 可怕、害怕、兇
즐겁다 愉快
보내다 度過

나오다 出來
선물(을) 하다 送禮物
포장하다 包裝、打包
들리다 聽見、聽到
축하하다 祝賀、恭喜

행복하다 幸福
살다 住、過生活
새로＋動詞 新～
인터넷 網路
그동안 這段時間

지내다 度過、過日子
머리 頭、頭髮
짧다 短
자르다 剪

【動詞的名詞化】

動詞 기

動詞 는 것

到目前為止我們所學的句型，句子裡的主詞或受詞都是名詞。

【例】名詞當主詞：친구가 가요. 朋友去。/ 名詞當受詞：밥을 먹어요. 吃飯。

但若有必要讓動詞當主詞或受詞呢？那要將動詞改成名詞的樣子才行。這就是**動詞的名詞化**，我們目前的階段，只要知道這頁介紹的這兩種方式即可。

1. 動詞 기

不用管動詞原型裡收尾音的狀況，只要原型最後一個字「다」拿掉之後，再加個「기」即可。這種「動詞的名詞化」方式較常用的地方為：

1) 當標題：常用於課本上的單元名或寫在行事曆上的計畫

【例】제 5과：쇼핑하기 第五課：購物

1월 10일：친구 생일 선물 사기 一月十日：買朋友的生日禮物

2) 句中代替名詞，例如：當主詞、受詞

【例】動詞當主詞：영화 보기가 제 취미예요. 看電影是我的興趣。

動詞當受詞：저는 영화 보기를 좋아해요. 我喜歡看電影。

3) 與某些形容詞或動詞結合成為一種句型 → 請參考第32頁

2. 動詞 는 것

只要將原型最後一個字「다」拿掉之後，再加「는 것」即可。

【例】動詞當主詞：영화 보는 것이 제 취미예요. 看電影是我的興趣。

動詞當受詞：저는 영화 보는 것을 좋아해요. 我喜歡看電影。

「ㄹ不規則」的變化：저는 음식 만드는 것을 안 좋아해요.

我不喜歡做菜。（原型만들다 → 만드는 것）

小叮嚀

文法上，不管是用「～기」的方式，還是「～는 것」的方式，動詞變成名詞之後，都可以在句中當主詞或受詞。不過，韓國人在習慣上，講「A是B」句型時較常用「～기」的方式，而要將動詞用來當受詞時則常用「～는 것」的方式。

【例】제 취미는 운동이에요. = 제 취미는 운동하기예요. 我的興趣是運動。

저는 운동을 좋아해요. = 저는 운동하는 것을 좋아해요. 我喜歡運動。

文法II練習－開口說說看 MP3-10

<STEP1>

영화를 보다 → 제 취미는 영화 보기예요.

① 음악을 듣다　② 그림을 그리다　③ 사진을 찍다　④ 우표를 모으다

<STEP2>

책을 읽다 → 저는 책 읽는 것을 좋아해요.

① 노래를 부르다　② 스키를 타다　③ 여행하다　④ 음식을 만들다

<STEP3>

저는 (쇼핑하다)을 안 좋아해요. → 저는 쇼핑하는 것을 안 좋아해요.
→ 저는 쇼핑하는 걸 안 좋아해요.

① 저는 (기타 치면서 노래하다)을 아주 좋아해요
② 저는 (노래 부르다)보다 (듣다)을 더 좋아해요
③ 매번 (약속 시간에 늦다)은 나쁜 습관이에요
④ 친구에게 (무슨 선물을 하다)이 좋을까요?

【簡稱：口語說法】
것을 → 걸
것은 → 건
것이 → 게

生字

【興趣：名詞的說法】
영화 보기 看電影
= 영화 감상
음악 듣기 聽音樂
= 음악 감상
책 읽기 看書
= 독서
운동하기 運動
= 운동
등산하기 爬山、登山
= 등산
요리하기 烹飪
= 요리

여행하기 旅行
= 여행
그림 그리기 畫畫
사진 찍기 照相
우표 모으기 集郵
= 우표 수집
피아노 치기 彈鋼琴
노래 부르기 唱歌
【運動】
名詞을/를 하다
야구 棒球
축구 足球
농구 籃球

수영 游泳
태권도 跆拳道
名詞을/를 치다
테니스 網球
배드민턴 羽毛球
골프 高爾夫球
당구 撞球
탁구 乒乓球
名詞을/를 타다
스키 滑雪
스케이트 溜冰（冰刀）
【音樂】
가요 流行歌

트로트
老歌（類似演歌）
팝송 西洋歌
재즈 爵士
클래식 古典音樂
【電影】
액션 영화 動作片
멜로 영화 愛情片
= 로맨틱 영화
공포 영화 恐怖片
코미디 영화 喜劇片
SF영화 科幻片
습관 習慣

文法III

動詞 기 + 形容詞（쉽다 / 어렵다…）/ 動詞（시작하다…）　動詞 + 形容詞、動詞

我們在前頁學過「動詞的名詞化」，其兩種方式之一為動詞後方加個「기」。其實，之前學過的一些句型就是用此方式製造出來的。

【例】名詞 전에 → 動詞기 전에　～之前
　　名詞 때문에 → 動詞기 때문에　因為～

一樣的道理，若「動詞기」後方續接其它形容詞或動詞，也可以成為一種句型，表示多層次的說法。較常用的說法如下：

動詞기 쉽다　【例】한국어 배우기 쉬워요. 韓語學起來很簡單（容易）。
動詞기 어렵다　【例】한국어 배우기 어려워요. 韓語學起來很難（有困難）。
動詞기 힘들다　【例】일하기 힘들어요. 上班很辛苦（累）。
動詞기 좋다　【例】쇼핑하기 좋아요. 逛街很方便（舒適、適合）。
動詞기 나쁘다　【例】쇼핑하기 나빠요. 逛街很不方便（不舒適、不適合）。
動詞기 편하다　【例】지하철 타기 편해요. 搭捷運很方便。
動詞기 편리하다　【例】지하철 타기 편리해요. 搭捷運很方便。
動詞기 불편하다　【例】지하철 타기 불편해요. 搭捷運不方便。
動詞기 귀찮다　【例】외출하기 귀찮아요. 懶得外出。

動詞기 시작하다　【例】골프를 배우기 시작했어요. 開始學高爾夫球。

小叮嚀

1. 此句型「～기」的詞性為名詞，因此後方還可以接助詞。
【例】因為附近有百貨公司，逛街很方便。
근처에 백화점이 있어서 쇼핑하기가 좋아요.

2. 「～기」和後方的形容詞之間還可以加些副詞來表示程度。
【例】근처에 백화점이 있어서 쇼핑하기 아주 좋아요.

文法Ⅲ練習－開口說說看 MP3-11

<STEP1>

이 단어는 (발음하다＋쉽다) → 이 단어는 발음하기 쉬워요.

① 그 식당은 (찾다 ＋ 너무 어렵다)
② 집 근처에 공원이 있어서 (운동하다 ＋ 좋다)
③ 우리 집 아래층은 편의점이어서 (물건 사다 ＋ 편하다)
④ 비가 올 때는 (밖에 나가다 ＋ 귀찮다)

<STEP2>

저번 주부터 한국어를 배우다 → 저번 주부터 한국어를 배우기 시작했어요.

① 어젯밤부터 기침하다
② 우리가 산에 도착했을 때 눈이 오다
③ 미혜 씨는 그 얘기를 듣고 울다
④ 대장금을 보고 한국 문화에 관심을 가지다

<STEP3>

A) 요즘도 친구들 자주 만나요?
B) 아니요, 요즘 많이 바쁘기 때문에 친구들을 (만나다 ＋ 어렵다)
→ B) 아니요, 요즘 많이 바쁘기 때문에 친구들을 만나기 어려워요.

① 한국어 배우기 어려워요?
아니요, 생각보다 (배우다 ＋ 쉽다)
② 영화 자주 봐요?
아니요, 자주 보고 싶지만 집이 극장에서 멀어서 (영화 보다 ＋ 쉽지 않다)
③ 새 집 교통은 편리해요?
네, 버스 정류장이 가까워서 (버스 타다 ＋ 아주 편리하다)

생각보다：
比想像中～

生字

단어 單字
발음하다 發音
찾다 尋找、找到
근처 附近
아래층 樓下
어젯밤 昨夜、昨晚
기침(을) 하다 咳嗽
대장금 大長今（韓劇）
문화 文化
관심 興趣、關心
～에 관심을 가지다
對～有興趣、產生關心
새＋名詞 新～
교통 交通
버스 정류장 公車站

文法IV

動、形 았으면			
動、形 었으면	좋겠다	希望 動、形
動、形 했으면			

我們在《大家的韓國語－初級1》第90頁學過，要表示說話者的希望，可以用「～고 싶다」句型。但是，此句型用於肯定句時，只針對自己想要做的事情。若要表達希望發生的事情或對他人的期待（例如：希望全家人健康、希望男友戒菸），就不能用了。

這頁要介紹的句型「～았/었/했으면 좋겠다」是跟「～고 싶다」同樣可以表達說話者的希望，但用法上沒有限制，不管是希望自己做到的事情，或是上面提到的那些不能用「～고 싶다」的情況，都可以使用。它的結構如下：

動詞、形容詞 았/었/했①＋으면②＋좋겠다③

① 將動詞、形容詞的原形改成過去式，有強調希望語氣的效果。
② 「～면/으면」表示條件、假設，等於是中文的「～的話」。
③ 「～좋겠다」的「겠」表示推測，「～좋겠다」等於是中文的「～會很好、應該很好」。

整句句型等於是中文的「要是～的話會很好」、「～的話多好」、「希望～」。
【例】남자 친구가 담배를 끊었으면 좋겠어요. 希望男友戒菸。

小叮嚀

1. 此句型「～았/었/했으면 좋겠다」也可以用「～면/으면 좋겠다」代替。
   【例】우리 가족 모두 건강했으면 좋겠어요. 希望我家人都很健康。
   ＝ 우리 가족 모두 건강하면 좋겠어요.

2. 「ㅂ不規則」的變化：
   【例】내일 날씨가 안 추웠으면 좋겠어요. 希望明天天氣不冷。
   （原型춥다 → 추웠으면）

文法IV練習－開口說說看 MP3-12

<STEP1>

노래를 잘하다 → 노래를 잘했으면 좋겠어요.

① 남자 친구가 있다
② 내일 날씨가 맑다
③ 한국으로 어학연수를 가다
④ 오늘은 야근을 안 하다

<STEP2>

형처럼 공부를 잘하다 → 형처럼 공부를 잘했으면 좋겠어요.

처럼：像～一樣

① 연예인처럼 예쁘다
② 영화배우처럼 잘생기다
③ 시원 씨처럼 키가 크다
④ 다영 씨처럼 한국말을 잘하다

<STEP3>

A) 어떤 영화를 보고 싶어요?
B) 웃기는 영화를 보다 → B) 웃기는 영화를 보면 좋겠어요.
→ B) 웃기는 영화를 봤으면 좋겠어요.

① 어디로 이사하고 싶어요? / 회사 근처로 이사하다
② 졸업 후 어떤 일을 하고 싶어요? / 무역 쪽 일을 하다
③ 어떤 곳에서 살고 싶어요? / 공기 좋고 조용한 곳에서 살다
④ 아들이 나중에 뭐가 되었으면 좋겠어요? / 의사나 변호사가 되다

生字

맑다（天氣）晴朗
어학연수 遊學（指進修外語）
야근(을) 하다 加班

어떤 什麼樣的
웃기다 好笑、搞笑
근처 附近
무역 貿易

쪽 ①邊 ②頁 ③方面
곳 地方、地點
공기 空氣
조용하다 安靜

아들 兒子
나중에 晚一點、以後
되다 變成、成為、當
변호사 律師

會話 I MP3-13

（聖誕節前幾天見面的兩個人）

강현빈 : 수지 씨, 메리 크리스마스 !

최수지 : 현빈 씨도 메리 크리스마스예요 !

강현빈 : 수지 씨 올해 크리스마스는 어떻게
보낼 거예요?
무슨 특별한 계획 있어요?

최수지 : 저는 크리스마스이브에 친구들하고 파티를 하려고 해요.
게임도 하면서 서로 선물도 교환하고 재미있게 보낼 거예요.
현빈 씨는요?

강현빈 : 저는 크리스마스이브에 여자 친구에게 청혼을 하려고 해요.

최수지 : 어머, 정말이에요? 너무 낭만적이다 !

강현빈 : 그래서 올해는 화이트 크리스마스였으면 좋겠어요.
영화에서처럼 눈이 올 때 시청 앞 광장에서 여자 친구에게 멋있게
청혼하고 싶어요. 많은 사람들 앞에서 청혼하는 것이 쉽지는 않겠지만
한번 해 보려고요.

- 메리 크리스마스! : 聖誕節快樂！
- 크리스마스이브 : 聖誕夜（12月24日晚上）
- 화이트 크리스마스 : White Christmas，指下雪的聖誕節
- 교환하다 : 交換
- 청혼(을) 하다 : 求婚
  ～에게 청혼(을) 하다 : 跟～求婚
- 낭만적이다 : 浪漫
- 시청 앞 광장 : 市政府前面的廣場

姜玄彬：秀智小姐，聖誕節快樂！
崔秀智：玄彬先生也聖誕節快樂喔！
姜玄彬：秀智小姐，今年的聖誕節妳要怎麼過？
有什麼特別的計畫嗎？
崔秀智：我打算在聖誕夜和朋友們辦派對。邊玩遊戲
邊交換禮物，應該會很好玩。玄彬先生你呢？
姜玄彬：我打算在聖誕夜跟女朋友求婚。
崔秀智：天啊，是真的嗎？好浪漫喔！
姜玄彬：所以，我希望今年是White Christmas（白色聖
誕節）。像電影一樣我想在白雪紛飛的市府廣
場跟女友帥氣地求婚。在很多人面前求婚會很
不容易，但我要試試看。

會話 II MP3-14

（新年第一次見面的兩個人）

박시원： 다영 씨, 새해 복 많이 받으세요.

김다영： 네, 시원 씨도 새해 복 많이 받으세요.

박시원： 시간이 참 빨리 가요.
어느새 또 한 해가 가고 새해가 시작되었어요.

김다영： 그러게 말이에요.

박시원： 다영 씨는 새해 소원이 뭐예요?

김다영： 음……저는 다이어트에 성공했으면 좋겠어요.
몸무게가 5kg 빠지는 게 제 소원이에요.
시원 씨는요?

박시원： 저는 돈을 열심히 모아서 회사 근처에 집을 샀으면 좋겠어요.
지금 사는 집은 회사에서 멀고 교통이 불편하기 때문에 출근하기 너무 힘들어요. 그래서 회사에서 가까운 곳에 사는 게 제 소원이에요.

- 새해：新年
  새해 복 많이 받으세요.：新年快樂！
- 어느새：【副詞】不知不覺地
- 그러게 말이에요.：
  就是啊。（表示認同對方的說法）
- 소원：願望
- 성공하다：成功
- 몸무게：體重
  몸무게가 빠지다：體重掉（了）
- 모으다：收集、召集
  돈을 모으다：存錢

朴始源：多瑛小姐，新年快樂！

金多瑛：是，始源先生也新年快樂！

朴始源：時間過得真快。不知不覺地又過了一年，新的一年開始了。

金多瑛：就是啊。

朴始源：多瑛小姐，妳新年的願望是什麼？

金多瑛：嗯……我希望能減肥成功。體重減五公斤是我的願望。始源先生你呢？

朴始源：我希望認真存錢之後在公司附近買房子。現在住的家離公司遠，交通也不方便，上班太辛苦了。所以，住在離公司近一點的地方是我的願望。

學習加油站

【 聖誕節、新年 】

▶特別的日子，祝福親朋好友

메리 크리스마스！ 聖誕節快樂！

새해 복 많이 받으세요. 新年快樂（韓文說法：祝你新年收到很多祝福）！

새해에도 건강하세요. 祝你在新的一年也健康！

새해에도 행복하세요. 祝你在新的一年也幸福！

부자 되세요. 恭喜發財（韓文說法：祝你成為富者）！

→ 也可以用「즐겁게」代替

크리스마스 잘 보내세요. 祝你有愉快的聖誕節！＝ 聖誕節快樂！

크리스마스 잘 보내셨어요？ 聖誕節過得好嗎？（高級敬語、口語）

크리스마스 잘 보냈어요？ （普通級敬語、口語）

크리스마스 /	설 연휴 /	추석 /	밸런타인데이 /	화이트데이 /	생일
聖誕節	春節假期	中秋節	西洋情人節	白色情人節	生日

※ 有關高級敬語 → 第132頁

▶開口唱唱韓文歌：紅鼻子魯道夫（在韓國很受歡迎的聖誕歌）

【 루돌프 사슴코 】 MP3-15

루돌프 사슴코는 매우 반짝이는 코	魯道夫的鹿鼻是閃閃發亮的鼻子
만일 네가 봤다면 불붙는다 했겠지	若你看到，會說它著火了
다른 모든 사슴들 놀려대며 웃었네	其他的鹿都嘲笑他
가엾은 저 루돌프 외톨이가 되었네	那隻可憐的魯道夫，變很孤單
안개 낀 성탄절날 산타 말하길	一個濃霧的聖誕節，聖誕老公公說
루돌프 코가 밝으니 썰매를 끌어주렴	你的鼻子那麼閃亮，請引導我的雪橇
그 후론 사슴들이 그를 매우 사랑했네	從此其他鹿都熱愛他
루돌프 사슴코는 길이길이 기억되리	魯道夫的鼻子永遠會被大家記得

聽力測驗 MP3-16

1 請聆聽隨書附贈的MP3，連連看。

1) • 2) • 3) • 4) •

• • • •

2 請聆聽隨書附贈的MP3，填空看看。

1) 그 영화 너무 [ ] 봤어요.

2) 제 여동생은 눈이 크고 아주 [ ] 생겼어요.

3) 제 취미는 노래 [ ]예요.

4) 저는 [ ]을 안 좋아해요.

5) 우리 집은 버스 정류장에서 가까워서 버스 [ ]가 아주 편리해요.

3 請聆聽隨書附贈的MP3，選出符合內容的句子。

1) ① 오늘은 크리스마스입니다.
   ② 여자는 남자 친구가 없습니다.
   ③ 두 사람은 크리스마스를 같이 보냈습니다.

2) ① 여자는 날씬해지고 싶어합니다.
   ② 여자는 운동하는 것을 아주 좋아합니다.
   ③ 여자는 앞으로 요가하고 수영을 배우려고 합니다.

❗ 作業－習作本：第7～11頁

春節拜年，行大禮拿「白」包

韓國跟台灣一樣，신정（元旦）和설날（구정）（農曆新年）都會放假。신정放一天，구정則放三天的假（除夕、年初一、年初二）。

在台灣，除夕的年夜飯是全家人聚在一起享用大餐的時刻，但在韓國，則是年初一的아침 식사（早餐）最重要。除夕那一天，父親那邊的친척（親戚）都會聚在할아버지 댁（爺爺家）或큰아버지 댁（大伯家），一起準備다음 날（隔天）要拜拜的菜餚，以及玩些韓國전통놀이（傳統遊戲）來聯絡感情。大年初一一早，會拿出전날（前一天）準備好的菜來차례를 지내다（祭拜祖先），然後大家一起用아침 식사（包含떡국（年糕湯）），吃完之後就開始向長輩세배하다（拜年）。當天下午，要跟母親回娘家過夜，年初二才會回自己家。這就是一般韓國人過설날的方式。但隨著종교（宗教）、신앙（信仰）的多元化，現在信기독교（基督教）的人很多，他們就不會차례를 지내다，只會和家人一起在기도하다（祈禱）後直接用餐。

세배是韓國特有的風俗，指年初一早上給長輩절을 하다（行大禮）。一般來說，할아버지和할머니坐在前面，由父母親、大伯、叔叔夫妻先向他們拜年，之後才輪到晚輩。接下來，換父執輩們坐在前面，由子女們向他們拜年。孩子們邊說「새해 복 많이 받으세요（新年快樂！）」邊세배하다，大人會發세뱃돈（壓歲錢）給他們。可是他們拿到的不是紅包，而是跟參加결혼식（婚禮）時包的축의금（禮金）一樣，包在흰 봉투（白色信封袋）裡喔！

相信許多人在한국 드라마裡看過韓國人절을 하다的樣子。남자是將왼손（左手）掌放在오른손（右手）背上，여자則要將오른손掌放在왼손背上，將上面那隻手的손등（手背）貼在이마（額頭），然後跪在地板上再將上半身彎下去，손바닥（手掌）碰到地板之後才可以起來。在韓國文化裡，절是表現對長輩尊敬及感恩的一種傳統打招呼方式。不只在설날，其他時候也會做（例如：度完신혼여행（蜜月）回來、입대（入伍）之前、剛제대（退伍）回來）。不過要注意一件事！一般的절只做一次，但參加장례식（喪事）或차례時要連續做二次，千萬不可以因為好玩，而隨便多行幾次절喔！

※「年糕湯」食譜大公開→第54頁

여보세요, 거기 여행사지요?

（喂。那裡是旅行社，沒錯吧？）

☯重點提示☯

1. 名詞 / 動詞는 } 중이다　正在名、動當中

2. 【助詞】

給～
- 人、動物 에게
- 人、動物 한테
- 非人或動物 에

從～
- 人、動物 에게서
- 人、動物 한테서
- 非人或動物 에서

3. 名詞（收O）이 / 名詞（收X）가 } 아니라～　不是名詞，而是～

4. 名詞（收X）지요？ / 名詞（收O）이지요？　是名詞吧？

形、動 지요？　形、動吧？

文法 I

名詞 / 動詞는 } 중이다　正在名、動當中

此句型為「중：【名詞】中」和「이다：【動詞】是」的組合，表示某種動作正在進行中，等於是中文的「正在～（當）中」。

在《大家的韓國語－初級1》第112頁學過的句型「～고 있다」也是形容正在進行的事情，但它只能接在動詞後方，而「～（는）중이다」則可以接在名詞及動詞的後方。

現在式：

名詞 중이다

【例】시원 씨는 지금 회의 중이에요. 始源先生現在開會中。

動詞는 중이다 ＝ 動詞고 있다

【例】시원 씨는 지금 회의하는 중이에요. 始源先生現在開會中。

＝ 시원 씨는 지금 회의하고 있어요.

「ㄹ不規則」的變化：시원 씨는 지금 저녁을 만드는 중이에요.

始源先生現在做晚餐中。（原型만들다 → 만드는 중）

過去式：

名詞 중이었다

【例】시원 씨는 그때 회의 중이었어요. 始源先生當時開會中。

그때：當時、那時候

動詞는 중이었다 ＝ 動詞고 있었다

【例】시원 씨는 그때 회의하는 중이었어요. 始源先生當時開會中。

＝ 시원 씨는 그때 회의하고 있었어요.

小叮嚀

1. 和「～고 있다」一樣，此句型也可以表達「從過去某段時間開始，做到現在還在持續進行」的事情。

【例】한 달 전부터 골프를 배우는 중이에요.

從一個月前開始學習高爾夫球。

2. 此句型還可以和「～고 있다」句型用在同一句裡，加強「進行」的語氣。

【例】한 달 전부터 골프를 배우고 있는 중이에요.

文法 I 練習－開口說說看 MP3-17

<STEP1>

식사 → 지금 식사 중이에요.

① 수업　② 다이어트　③ 통화　④ 외출
⑤ 공사　⑥ 수리　⑦ 금연　⑧ 백화점 세일

<STEP2>

집에 가다 → 저는 지금 집에 가는 중이에요.
→ 저는 지금 집에 가고 있어요.

① 친구를 기다리다　② 아르바이트를 하다
③ 동물원을 구경하다　④ 도서관에서 공부하다
⑤ 가게에서 물건을 사다　⑥ 부엌에서 음식을 만들다

<STEP3>

저 / 회의하다 → 저는 그때 회의하는 중이었어요.
→ 저는 그때 회의하고 있었어요.

① 저 / 청소하다　② 저 / 데이트하다
③ 친구 / 공연을 보다　④ 동생 / 낮잠을 자다
⑤ 다영 씨 / 전화를 받다　⑥ 정우 씨 / 전화를 걸다

<STEP4>

지난주 / 다이어트를 하다 → 지난주부터 다이어트를 하고 있는 중이에요.

① 얼마 전 / 프랑스 요리를 배우다　② 며칠 전 / 감기 때문에 약을 먹다

生字

통화(를) 하다 **通電話**
외출(을) 하다 **外出**
공사(를) 하다 **施工**
수리(를) 하다 **修理**
금연(을) 하다 **戒菸**
= 담배를 끊다
세일 **打折、促銷**
동물원 **動物園**
구경하다 **參觀、逛**
가게 **店鋪、商店**
물건 **東西**
부엌 **廚房**
공연 **公演、表演**
낮잠 **午覺**
낮잠을 자다 **睡午覺**
전화를 걸다 **打電話**

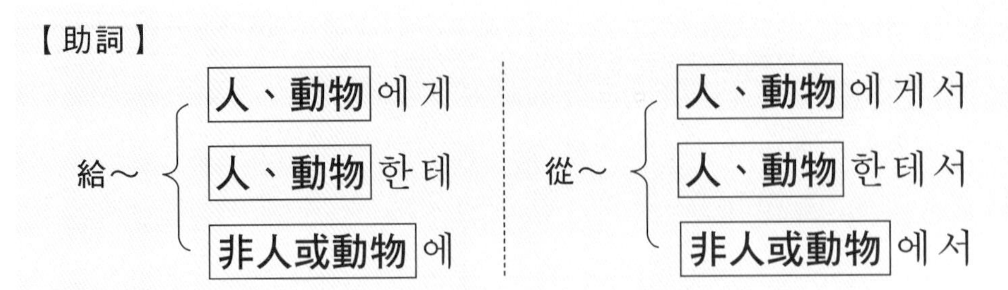

我們在《大家的韓國語－初級1》第114頁學過助詞「에게/한테/에」表示「承受動作的對象」，等於是中文的「給、向」，英文的「to」。

【例】어제 친구에게 선물을 줬어요. 昨天送給朋友禮物。
어제 친구한테 선물을 줬어요. 昨天送給朋友禮物。
방금 집에 전화를 했어요. 剛才打電話到家。

這頁要介紹的助詞「에게서/한테서/에서」則表示「動作或某個狀況的出發點、來源」，等於是中文的「從」，英文的「from」。接在人或動物名稱的後方時用「에게서」，口語一點，也可以用「한테서」來代替「에게서」，若「動作或某個狀況的出發點、來源」為非人或動物（例如：植物，機關），不能用「에게서/한테서」，而要以「에서」接續。

【例】어제 친구에게서 선물을 받았어요. 昨天從朋友（那邊）收到了禮物。
어제 친구한테서 선물을 받았어요. 昨天從朋友（那邊）收到了禮物。
방금 회사에서 전화가 왔어요. 剛才從公司（那邊）來了電話。

「에게/한테/에」和「에게서/한테서/에서」後方常接的動詞如下：

★ ～에게/한테/에 ＋ 주다 / 빌려 주다 / 선물하다 / 보내다 / 전화하다 / 가르치다 / 얘기하다
給 / 借給 / 送禮物 / 寄 / 打電話 / 教 / 講

★ ～에게서/한테서/에서 ＋ 받다 / 빌리다 / 배우다 / 오다 / 듣다
收到 / 借 / 學習 / 來 / 聽

小叮嚀

用「에게서/한테서/에서」造的句子，有時候硬要將韓文原意翻譯出來，反而會不太順，這時候看情況用中文的方式翻譯較好。

【例】형에게서 수영을 배웠어요. 從哥哥（那邊）學了游泳。→ 跟哥哥學了游泳。
형에게서 연락을 받았어요. 從哥哥（那邊）接到聯絡。→ 哥哥聯絡我了。

文法II練習－開口說說看 MP3-18

<STEP1>

친구 / 선물을 받다 → 친구에게서 선물을 받았어요.
친구한테서 선물을 받았어요.

① 친구 / 인형을 선물 받다
② 언니 / 생일 선물로 향수를 받다
③ 동생 / 이메일을 받다
④ 일본 친구 / 편지가 오다
⑤ 학교 후배 / 돈을 빌리다
⑥ 학교 선배 / 테니스를 배우다

<STEP2>

회사 / 전화가 오다 → 회사에서 전화가 왔어요.

① 미국 / 소포가 오다
② 도서관 / 책을 빌리다
③ 옆집 / 자전거를 빌리다
④ 라디오 / 그 노래를 듣다

<STEP3>

A) 그 선물 누구한테서 받았어요?
B) （회사 동료 / 받다） → B) 회사 동료한테서 받았어요.

① 방금 누구한테서 전화가 왔어요?
（학원 친구 / 전화가 오다）

② 그 얘기 누구한테서 들었어요?
（미혜 씨 / 듣다）

③ 시험 날짜를 어떻게 알았어요?
（반장 / 문자를 받다）

④ 두 사람 어떻게 만났어요?
（회사 동료 / 소개 받다）

生字

인형 玩偶、娃娃
향수 香水
후배 後輩、學弟、學妹
선배 前輩、學長、學姊
빌리다 借、租
소포 包裹
옆집 鄰居、隔壁
자전거 腳踏車
방금 剛才
얘기 【名詞】故事、消息
날짜 日期
반장 班長
문자 （手機）簡訊
= 문자 메시지
소개 介紹

名詞（收O）이
名詞（收X）가
} 아니라～ 不是名詞，而是～

上方為表示「不是～，而是～」的句型，是從句型「～이/가 아니다（否定說法：不是～）」改過來的，想糾正對方錯誤的資訊、觀念時可以使用。

若前面要否定的內容剛好是可以用名詞表達，則先按照那個名詞最後一個字收尾音的情況，接主詞助詞「이」或「가」，再續接「아니라」，在「아니라」後方提供正確的資訊即可。

【例】오늘은 화요일이 아니라 수요일이에요. 今天不是星期二，而是星期三。
　　　이영애 씨는 가수가 아니라 배우예요. 李英愛小姐不是歌手，而是演員。

小叮嚀

若前面要否定的內容要用形容詞或動詞表達，則句型會變得複雜一點。在此，先提供完整公式在下方給大家參考。但其實，目前我們的程度，只需要知道上方的句型即可。還有，等我們在本書第五課，學好「動詞修飾名詞的方法」之後，再回到這頁，會更加了解以下公式的邏輯。

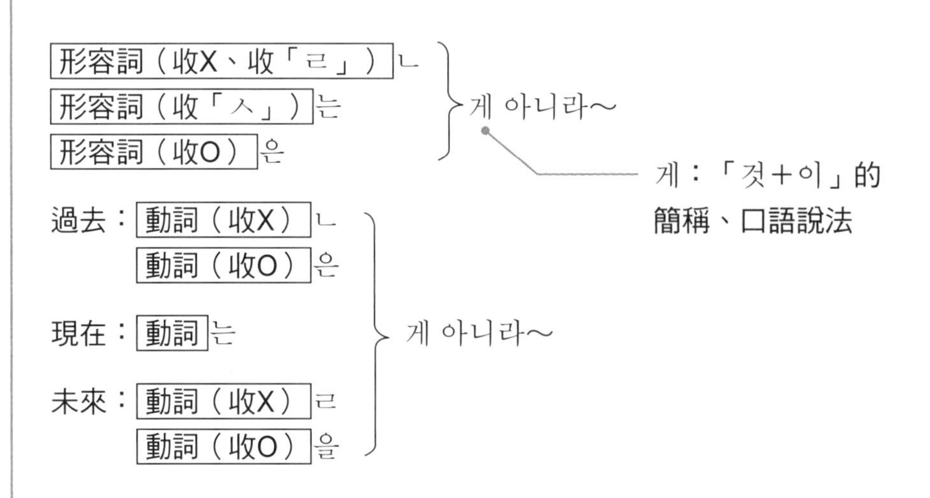

【例】맛없는 게 아니라 너무 매워요. 不是難吃，而是太辣了。
　　　이건 먹는 게 아니라 화장품이에요. 這不是吃的東西，而是化妝品。

文法III練習－開口說說看 MP3-19

<STEP1>

저 / 일본 사람 / 한국 사람

→ 저는 일본 사람이 아니라 한국 사람이에요.

① 제 생일 / 오늘 / 내일
② 제 고향 / 대전 / 대구
③ 한국의 수도 / 부산 / 서울
④ 이 사람 / 남자 친구 / 회사 동료
⑤ 약속 시간 / 1시 / 2시
⑥ 제가 제일 좋아하는 과일 / 포도 / 수박

<STEP2>

커피 / 밀크티 → 제가 주문한 건 커피가 아니라 밀크티예요.

주문한 건 = 주문한 것은：點的東西

① 치즈 케이크 / 와플
② 피자 / 스파게티
③ 김밥 / 떡볶이
④ 삼계탕 / 불고기

<STEP3>

인천 / 춘천 / 살다 → 저는 지금 인천이 아니라 춘천에서 살고 있어요.

① 여행사 / 광고 회사 / 일하다
② 호주 / 뉴질랜드 / 유학하다

生字

고향 故鄉
수도 首都
【韓國主要都市】
서울【地名】首爾
대전【地名】大田
位於忠清南道，
韓國中部最大的城市
대구【地名】大邱
位於慶尚北道，
韓國第三大城
부산【地名】釜山
인천【地名】仁川
춘천【地名】春川
韓國地圖 → 第12頁
약속 시간 約好的時間
포도 葡萄
수박 西瓜
밀크티 奶茶
치즈 케이크 起士蛋糕
와플 鬆餅
살다 住
여행사 旅行社
광고 廣告
호주 澳洲
뉴질랜드 紐西蘭
유학하다 留學

名詞（收X）지요？　是名詞吧？
名詞（收O）이지요？
形、動지요？　形、動吧？

有時候，對已經知道或心裡八成確定的事情，也要和對方再度確認或向別人徵求認同。這種情況就可以用此句型表達，相當於中文的「～吧？」，「～對吧？」，「～沒錯吧？」。不管前面來的內容是名詞、形容詞或是動詞都可以接續使用。公式如下：

名詞：按照名詞最後一個字收尾音的情況，要接的語尾不同。
無收尾音【例】여자 친구가 간호사지요？ 你女朋友是護士吧？
有收尾音【例】형도 대학생이지요？ 你哥哥也是大學生吧？

形容詞、動詞：只要原型最後一個字「다」拿掉之後，再加「지요」即可。
【例】우리 언니 예쁘지요？ 我姊姊很漂亮吧？
남자 친구 있지요？ 妳有男朋友吧？
백화점에 사람이 많지요？ 百貨公司人很多吧？

매운 음식 좋아하지요？ 你喜歡（吃）辣的食物吧？
보통 12시에 점심을 먹지요？ 你通常十二點吃午餐吧？

注意！若句型前面來的內容是過去或未來的事情，時態要表現出來。
【例】어제 야근했지요？ 你昨天加班了吧？（原型야근하다 → 야근했다）
슈퍼주니어 콘서트 보러 갈 거지요？ 你會去看Super Junior的演唱會吧？
（原型가다 → 갈 거다）

1. 通常講話時，會將「지요」唸快一點，唸成「죠」。
【例】요리사지요？ = 요리사죠？ 你是廚師吧？
한국 사람이지요？ = 한국 사람이죠？ 你是韓國人吧？

2. 此句型更多的用法 → 請參考《大家的韓國語－中級Ｉ》

文法IV練習－開口說說看 MP3-20

<STEP1>

지요的發音→[죠]

동생이 운동선수…… → 동생이 운동선수지요?

거：것的縮寫

① 언니가 기자……
② 이 가방 다영 씨 거……
③ 토모코 씨는 일본 사람……
④ 내일부터 방학……
⑤ 현빈 씨는 지금 회의 중……
⑥ 여보세요, 거기 중국집……

<STEP2>

요즘 많이 바쁘다 → 요즘 많이 바쁘지요?

① 많이 배고프다
② 이 드라마 정말 재미있다
③ 오늘 날씨가 참 좋다
④ 한국말 배우기 어렵다

<STEP3>

요즘 일어 배우다 → A) 정우 씨, 요즘 일어 배우지요?
B) 네, 배워요.

① 닭고기 안 먹다
② 결혼했다
③ 어제 제 문자 받았다
④ 내일 모임에 갈 거다

생字

기자 記者
여보세요?
（電話上）喂。
거기
（電話上提到的）那裡

여보세요, 거기~지요?
喂。那裡是~，沒錯吧？
（韓國人剛打電話過去，習慣上常講的句子，順便確認自己是否打錯）

참【副詞】真
어렵다 難，困難
일어 日語
= 일본어 日本語
닭고기 雞肉

문자를 보내다
傳簡訊
문자를 받다
收到簡訊
모임 聚會

會話 I MP3-21

（玄彬剛掛電話，秀智走過來）

최수지 : 현빈 씨, 방금 누구랑 통화했어요?

강현빈 : 영국에 있는 누나랑 통화했어요.

최수지 : 아, 맞다. 현빈 씨 누나 작년에 영국으로 유학 갔지요?
누나하고 자주 연락해요?

강현빈 : 네, 누나에게서 한 달에 두세 번 전화가 오고,
저도 가끔 누나한테 전화를 걸어요.
얼마 전에는 누나한테서 영국 브랜드 옷도 생일 선물로 받았어요.

최수지 : 그래요? 좋겠네요.
그런데, 영국도 지금 저녁이에요?

강현빈 : 아니요, 영국은 한국보다 8시간이 느려요.
그러니까 지금 저녁이 아니라 점심이에요.
제가 전화했을 때 누나는 점심을 먹는
중이었어요.

- 아, 맞다 : 啊，對啊。/ 啊，對了！（突然想到某件事情時講的句子）
- ～로 / 으로 유학(을) 가다 ：去～留學
- 전화를 걸다 : 打電話 = 전화하다
- 두세 번 : 兩三次
- 브랜드 : brand，品牌、牌子
- 좋겠네요. : 你一定很開心。（帶著「真好、好羨慕喔」的語氣）
- 느리다 : 【形容詞】緩慢

崔秀智：玄彬先生，你剛才和誰通電話？
姜玄彬：和在英國的姊姊通電話。
崔秀智：啊，對啊。你姊姊去年去英國留學，對吧？
你和姊姊常聯絡嗎？
姜玄彬：是啊，她一個月打兩三次給我，我也偶爾會打電話給她。不久前我還從姊姊那裡收到英國品牌服裝當生日禮物呢。
崔秀智：是嗎？你一定很開心。
不過，英國現在也是晚上嗎？
姜玄彬：不，英國比韓國慢八個小時。
所以現在不是晚上，而是中午。
我打給她的時候，姊姊正在吃午餐中。

會話 II MP3-22

（午休時間，始源打電話到多瑛的辦公室）

다영의 회사 동료 : 여보세요.

박시원 : 여보세요, 거기 한국무역이지요?

다영의 회사 동료 : 네, 그런데요.

박시원 : 죄송하지만, 김다영 씨 좀 바꿔 주세요.

다영의 회사 동료 : 네, 잠시만 기다리세요.
（電話裡遠遠的聲音）다영 씨, 전화 받으세요.

김다영 : 네, 전화 바꿨습니다.

박시원 : 다영 씨, 저 시원이에요. 지금 통화 가능해요? 회의 중이었어요?

김다영 : 아니요, 회의 중은 아니었어요. 무슨 일이에요?

박시원 : 어제 친구에게서 영화표 2장을 선물 받았어요.
다영 씨 오늘 저녁에 저랑 같이 영화 보러 안 갈래요?

김다영 : 좋아요. 그런데, 설마 공포 영화는 아니지요?

박시원 : 하하. 걱정하지 마세요. 공포 영화가 아니라 애니메이션이에요.

---

❶ 죄송하다 : 【形容詞】抱歉，對不起
→ 죄송하지만 : 不好意思……
（通常問路等要麻煩人家時常用）

❶ OO 씨 좀 바꿔 주세요.
：（電話中）麻煩您讓OO聽電話。

❶ 네, 전화 바꿨습니다.
轉接電話時說的第一句，
韓文直譯：電話轉換了。

❶ 가능하다 : 【形容詞】可能、可以

❶ 통화 가능해요? : 方便通電話嗎？

❶ 설마 ~ 아니지요? : 該不會是～吧？

❶ 애니메이션 : animation，動畫片

多瑛的同事：喂。
朴始源：喂。那裡是韓國貿易（公司），沒錯吧？
多瑛的同事：是的。
朴始源：不好意思，麻煩您讓多瑛小姐聽電話。
多瑛的同事：請稍等。多瑛小姐，請接電話。
金多瑛：喂。
朴始源：多瑛小姐，我是始源。
妳現在方便通電話嗎？是不是在開會中？
金多瑛：不，不是開會中。有什麼事嗎？
朴始源：昨天朋友送我兩張電影票。
今天晚上妳要不要和我一起去看電影呢？
金多瑛：好啊。不過，該不會是恐怖片吧？
朴始源：哈哈。不要擔心。不是恐怖片，而是動畫片。

學習加油站

【 電話用語 】

여보세요, 거기 [여행사]지요?	喂。那裡是[旅行社]，沒錯吧？
[김 사장님 댁]이지요?	[金老闆的家]（長輩、客戶的家）
[수지네]지요?	[秀智的家]（平晚輩、朋友的家）

→ 네, 그런데요. / 네, 맞는데요.
是的。 是，沒有錯。

→ 아니요, 전화 잘못 거셨습니다.
不，您打錯了。

[김 사장님] 계세요?	[金老闆]在嗎？（找長輩、客戶）
[수지] 있어요?	[秀智]（找朋友；名字最後一個字無收尾音）
[다영]이 있어요?	[多瑛]（找朋友；名字最後一個字有收尾音）

→ 네, 잠시만 기다리세요.
네, 잠깐만 기다리세요.
請稍等。

→ 아니요, 지금 안 계세요.
아니요, 지금 없어요.
不，他現在不在。

→ 전데요. 누구세요?
我就是。請問哪位？

→ 아니요, 지금 외출 중이에요.
不，他現在外出中。

[시원 씨] 좀 바꿔 주세요.	麻煩您讓[始源先生]聽電話。
네, 전화 바꿨습니다.	喂！（轉接電話時會說的第一句，韓文直譯：電話轉換了。）
그럼 이만 전화 끊을게요.	那麼我要掛電話了。
네, 다음에 또 통화해요.	是的，我們下次再通電話。

[시원 씨] 몇 시쯤 돌아올까요?	[始源先生]大概幾點會回來呢？
글쎄요, 잘 모르겠어요.	這個嘛……我也不清楚。
메모 남겨 드릴까요?	要不要幫您留言？
메모 좀 남겨 주시겠어요?	麻煩您幫我留言，好嗎？
감사합니다. 안녕히 계세요.	謝謝，再見。

聽力測驗 MP3-23

1 請聆聽隨書附贈的MP3，將這位女生跟男友拿的禮物選出來 。

①

②

③

④

2 請聆聽隨書附贈的MP3中的問題，選出恰當的回答。

1) ① 지금 통화 중이에요.
② 그때 수업하는 중이었어요.
③ 외출 중이 아니었어요.
④ 지금 식사하는 중이에요?

2) ① 친구에게 문자를 보냈어요.
② 친구에게서 빌렸어요.
③ 친구한테서 들었어요.
④ 친구한테 줬어요.

3) ① 네, 너무 멋있어요.
② 네, 참 재미있지요?
③ 아니요, 안 좋아해요.
④ 아니요, 배우가 아니라 가수예요.

3 請聆聽隨書附贈的MP3，選出符合內容的句子。

1) ① 남자가 여자에게 전화를 걸었습니다.
② 여자는 지금 운동을 배우고 있습니다.
③ 여자는 30분 후에 남자에게 전화를 할 겁니다.

2) ① 남자는 아침에 빵을 먹었습니다.
② 여자의 생일도 이번 달입니다.
③ 두 사람은 다음 달에 만날 겁니다.

❗ 作業－習作本：第12～17頁

吃一碗年糕湯大一歲

在韓國，설날（新年）的時候一定要喝떡국（年糕湯）。像台灣人說吃湯圓一樣，韓國人說喝一碗떡국才나이를 한 살 더 먹다（長一歲）。

下面就讓我們一起來學做떡국看看吧！

超級簡單「年糕湯」食譜大公開〈兩人份〉
초간단 떡국 요리법 대공개（2인분）

材料：年糕三百公克、大蒜、青蔥、洋蔥半顆、雞蛋兩顆、牛肉一百五十公克
재료：떡 300g, 마늘, 파, 양파 반 개, 달걀 2개, 쇠고기 150g ※g：그램
調味料：醬油、鹽、黑胡椒、芝麻油
양념：간장, 소금, 후춧가루, 참기름

做法：

1. 以十杯水、牛肉、大蒜、蔥、洋蔥半顆，煮一個小時後過濾成高湯。
   물 10컵, 쇠고기, 마늘, 파, 양파 반 개를 넣고 1시간 동안 끓인 후 체에 내려 육수를 만듭니다.
2. 用一顆蛋，將蛋白及蛋黃分開，各自煎成蛋皮後切成菱形片。
   달걀은 흰자와 노른자를 분리해서 지단을 부친 후 마름모 모양으로 썹니다.
3. 將高湯內的牛肉取出用手撕成小碎片，加醬油、蒜末、蔥末、黑胡椒、芝麻油拌勻。
   육수에서 쇠고기를 건져내 가늘게 찢어서 간장, 다진 마늘, 다진 파, 후춧가루, 참기름을 넣고 잘 무칩니다.
4. 取五杯高湯入鍋，加年糕煮開，再加醬油、鹽、黑胡椒調味，盛入大碗。最後擺上牛肉及蛋皮，「年糕湯」即完成。
   육수 5컵에 떡을 넣고 끓이고, 간장, 소금, 후춧가루로 간을 한 후 그릇에 옮겨 담습니다. 마지막으로 소고기와 지단을 올리면 떡국 완성！

※ 不喜歡吃쇠고기（牛肉 = 소고기）的朋友可以用닭고기（雞肉）代替쇠고기喔。

내일은 비가 오겠습니다.

（明天會下雨。）

☯重點提示☯

1. 【正式的說法 總整理】

~ㅂ니까/습니까　疑問句（~嗎？）

~ㅂ니다/습니다　肯定句（~。）

~ㅂ시다/읍시다　建議句（一起~吧。）

~십시오/으십시오　命令句（請~。）

2. 動詞 겠다　要~、會~（表示意志）

3. 形容詞、動詞 겠다　會~（表示推測）

應該~、一定~（對話中的反應）

4. 【連接詞尾】

名詞（收X）니까	形、動（收X）니까
名詞（收O）이니까	形、動（收O）으니까

因為~，所以~

文法 I

【正式的說法　總整理】

～ㅂ니까/습니까？　　疑問詞（～嗎？）

～ㅂ니다/습니다.　　肯定句（～。）

～ㅂ시다/읍시다.　　建議句（一起～吧。）

～십시오/으십시오.　命令句（請～。）

韓語的敬語可分成高級敬語和普通級敬語，而這兩種敬語可再分成正式的說法與口語說法。

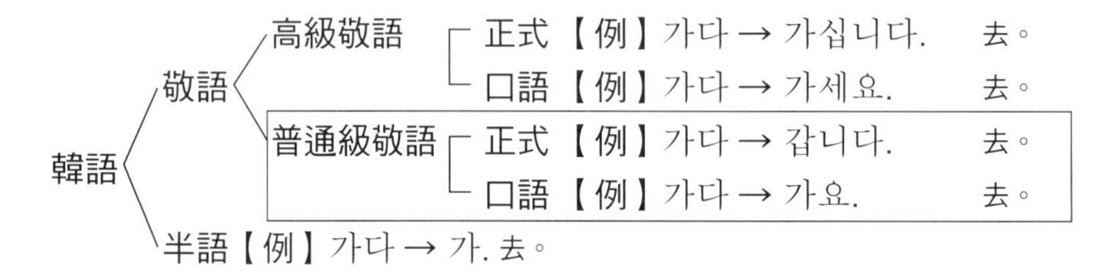

我們從《大家的韓國語－初級1》第五課到現在所學的句型幾乎都是屬於普通級敬語的口語說法，而《大家的韓國語－初級1》第一課至第四課學過的「～ㅂ/습니까」與「～ㅂ/습니다」則是「代表正式說法的語尾」的其中一種。在這幾頁，先徹底研究一下「普通級敬語－正式說法」，順便和「普通級敬語－口語說法」做個比較。至於「高級敬語」，在本書的附錄1（第132頁）再講解。

「普通級敬語－正式說法」用於開會、報告、面試等正式場合。公務、洽商時最常使用這種說法。它的基本公式如下：

疑問：～ㅂ니까/습니까	→ 造疑問句時，動詞或形容詞後方接的語尾
肯定：～ㅂ니다/습니다	→ 造肯定句時，動詞或形容詞後方接的語尾
建議：～ㅂ시다/읍시다	→ 建議對方跟自己一起做某件事時，動詞後方接的語尾
命令：～십시오/으십시오	→ 要求對方做某件事時，動詞後方接的語尾

※將動詞、形容詞原型裡的「다」去掉之後，如果剩下的部分最後一個字無收尾音時加「/」左邊的語尾，有收尾音時則加「/」右邊的語尾。

※當需要造過去或未來時態的句子或否定句時，可以應用上方基本公式，在動詞、形容詞的原型後方續接以下的語尾（第57頁～59頁）。

名詞 ＋이다

句子的情況			口語	正式
現在	肯定	疑問句	예요/이에요	입니까
		肯定句	예요/이에요	입니다
	否定	疑問句	아니에요	아닙니까
		肯定句	아니에요	아닙니다
過去	肯定	疑問句	였어요/이었어요	였습니까/이었습니까
		肯定句	였어요/이었어요	였습니다/이었습니다
	否定	疑問句	아니었어요	아니었습니까
		肯定句	아니었어요	아니었습니다
未來、推測	肯定	疑問句	일 거예요	일 겁니까
		肯定句	일 거예요	일 겁니다
	否定	疑問句	아닐 거예요	아닐 겁니까
		肯定句	아닐 거예요	아닐 겁니다

文法 I 練習－開口說說看 MP3-24

<STEP1>

제 취미는 요리예요. → <u>제 취미는 요리입니다.</u>

뭐 → 무엇

① 여기는 제 방이에요.　② 이름이 뭐예요?

③ 회사 전화번호가 몇 번이에요?　④ 우리 고모는 예전에 배우였어요.

⑤ 이곳은 예전에 박물관이었어요.　⑥ 현빈 씨는 지금 아마 회의 중일 거예요.

아마【副詞】：可能、應該

<STEP2>

저는 학생이 아니에요. → <u>저는 학생이 아닙니다.</u>

① 동생은 의사가 아니에요.　② 저 사람은 한국 사람이 아니에요.

③ 그날은 제 생일이 아니었어요.　④ 그건 시원 씨 물건이 아닐 거예요.

그건 → 그것은

一般動詞、形容詞

句子的情況			口語	正式
現在	肯定	疑問句	～아요/어요/해요	～ㅂ니까/습니까
		肯定句	～아요/어요/해요	～ㅂ니다/습니다
	否定	疑問句	～지 않아요	～지 않습니까
		肯定句	～지 않아요	～지 않습니다
過去	肯定	疑問句	～았어요/었어요/했어요	～았습니까/었습니까/했습니까
		肯定句	～았어요/었어요/했어요	～았습니다/었습니다/했습니다
	否定	疑問句	～지 않았어요	～지 않았습니까
		肯定句	～지 않았어요	～지 않았습니다
未來、推測	肯定	疑問句	～ㄹ/을 거예요	～ㄹ/을 겁니까
		肯定句	～ㄹ/을 거예요	～ㄹ/을 겁니다
	否定	疑問句	～지 않을 거예요	～지 않을 겁니까
		肯定句	～지 않을 거예요	～지 않을 겁니다

「ㅂ不規則」的變化：춥다（冷）→ 춥습니다 → 추웠습니다 → 추울 겁니다
「ㄷ不規則」的變化：듣다（聽）→ 듣습니다 → 들었습니다 → 들을 겁니다
「르不規則」的變化：빠르다（快）→ 빠릅니다 → 빨랐습니다 → 빠를 겁니다
「ㄹ不規則」的變化：살다（住）→ 삽니다 → 살았습니다 → 살 겁니다
※有關「不規則的變化」更多的文法說明 → 請參考第152頁

文法 I 練習－開口說說看 MP3-25

<STEP3>

보통 몇 시에 자요？ → 보통 몇 시에 잡니까？

① 매주 금요일마다 한국어를 배워요.
② 휴가 때 태국으로 여행가고 싶어요？
③ 이 옷은 비싸지 않아요？
④ 저는 서울에 살아요.
⑤ 지난 주말에 무엇을 했어요？
⑥ 얼마 전 핸드폰을 새로 샀어요.
⑦ 남자 친구 때문에 울었어요.
⑧ 어제는 학교에 안 갔어요.
⑨ 미혜 씨는 오늘 출근하지 않았어요.
⑩ 토요일에 영화를 보러 갈 거예요.
⑪ 내일도 많이 추울 거예요.
⑫ 여자 친구랑 언제 결혼할 거예요？

랑 → 와
이랑 → 과

動詞＋帶來「建議、命令」語氣的語尾

句子的情況		口語	正式
建議	肯定	～아요/어요/해요	～ㅂ시다/읍시다
	否定	～지 말아요	～지 맙시다
命令、要求	肯定	～세요/으세요	～십시오/으십시오
	否定	～지 마세요	～지 마십시오

※注意！上方「建議」說法不適合對長輩使用。

「ㄷ不規則」的變化：

듣다（聽）→ 같이 들어요（一起聽吧）→ 같이 들읍시다（一起聽吧）

→ 들으세요（請聽）→ 들으십시오（請聽）

「ㄹ不規則」的變化：

만들다（作、做、製造）

→ 같이 만들어요（一起做吧）→ 같이 만듭시다（一起做吧）

→ 만드세요（請做）→ 만드십시오（請做）

※有關「不規則的變化」更多的文法說明 → 請參考第152頁

文法 I 練習－開口說說看 MP3-26

<STEP4>

우리 택시 타고 가요. → 우리 택시 타고 갑시다.

한잔하다：喝杯酒

① 우리 내일 같이 영화 봐요.

② 우리 퇴근 후에 한잔해요.

③ 우리 점심에 햄버거 먹어요.

④ 우리 디저트는 시키지 말아요.

⑤ 우리 라디오 들어요.

⑥ 우리 같이 음식을 만들어요.

<STEP5>

어서 오세요. → 어서 오십시오.

① 내일 2시까지 오세요.

② 감기 조심하세요.

③ 좀 도와주세요.

④ 이 문은 닫지 마세요.

⑤ 한번 더 들으세요.

⑥ 창문을 여세요.

文法II

動詞 겠다　要～、會～（表示意志）

我們在第58頁學過，普通級敬語會用「～ㄹ/을 겁니다（正式）」或「～ㄹ/을 거예요（口語）」來表達「動詞的未來、推測」。其實，除了這些以外，在一般動詞原型裡加個「겠」也可以表達出類似的語氣。在這頁先介紹「겠」的「意志、未來計畫」用法，在第62頁再介紹「推測」用法。

～겠다 → ～겠습니다.（正式）/ ～겠어요.（口語）

此句型強調說話者的「意志、決心」，等於是中文的「要～」、「會～」，因此常用來表示自己的「未來計畫」。

【例】출발하다（出發）→ 출발하겠다 → 8시에 출발하겠습니다. 我八點要出發。
　　　　　　　　　　　　　　　→ 8시에 출발하겠어요.

那想問對方的未來計畫、意志呢？應用此句型，就會變成以下的公式。

問：～겠습니까？（正式）　～겠어요？（口語）
答：～겠습니다.　　　　　～겠어요.

【例】내일 몇 시에 출발하겠습니까?　| 내일 몇 시에 출발하겠어요?
　　8시에 출발하겠습니다.　　　　　| 8시에 출발하겠어요.

不過，這種對話模式會帶來稍微嚴肅的氛圍，尤其是左邊的正式說法，通常在職場、軍隊裡會聽到，要不然就是考卷、作文等書面上較會看到的。另外，上方這種問法，聽起來會像上司對下屬或很不熟的人彼此之間的對話，所以若要跟同輩的同事私下聊天，還是用「～ㄹ/을 거예요」造句會比較自然恰當。

若是下屬向上司，店員向客人，或晚輩向長輩問事情等情況，上方疑問句就要改成以下句型才有禮貌。（句中的「시 / 으시」代表高級敬語）。

問：動詞（收X）시겠습니까？（正式）　動詞（收X）시겠어요？（口語）
　　動詞（收O）으시겠습니까？　　　　動詞（收O）으시겠어요？
答：～겠습니다.　　　　　　　　　　～겠어요.

注意！回答的人不能用「시/으시」句型回答，要用「～겠습니다. / ～겠어요.」或「～ㄹ/을게요. / ～ㄹ/을래요.」等其他「非高級敬語」句型回答才行。

【例】언제 가시겠습니까? / 언제 가시겠어요? 您什麼時候要去？
　　내일 가겠습니다. / 내일 가겠어요. / 내일 갈게요. / 내일 갈래요. 我明天要去。

文法 II 練習－開口說說看 MP3-27

<STEP1>

잘 먹다 → 잘 먹겠습니다.

① 내일 다시 오다
② 지금 내려가다.
③ 앞으로 열심히 공부하다
④ 10월에 한국어능력시험을 보다
⑤ 올해는 담배를 꼭 끊다
⑥ 오늘부터 술을 마시지 않다

<STEP2>

같이 가다 → 같이 가시겠습니까?

① 주말에 어디에 가다
② 지금 들어가다
③ 누구를 만나다
④ 여기에 앉다
⑤ 신문을 읽다
⑥ 커피 드시다

먹다/마시다 → 드시다
有些動詞用在長輩身上時必須要改成屬於高級敬語的單字，動詞「먹다/마시다」就是其中一個。

<STEP3>

뭐 (타고 가다) → A) 뭐 타고 가시겠습니까?
택시 (타고 가다) → B) 택시 타고 가겠습니다.

① 무엇을 (드시다)
냉면을 (먹다)

② 더 (드시다)
아니요, 그만 (먹다)

③ 어떻게 (계산하다)
현금으로 (하다)

④ 손님, 지금 (주문하다)
아니요, 조금 이따가 (주문하다)

生字

잘 먹겠습니다.
我要開動了。
（韓文直譯：
我要好好地吃。）
다시 再、重複

올라가다 上去
내려가다 下去
들어가다 進去
들어오다 進來
나가다 出去
나오다 出來

돌아가다 回去
돌아오다 回來
한국어능력시험
韓國語能力測驗、韓檢
끊다 戒
냉면 韓式涼麵、冷麵

그만＋動詞
～到此為止 / 停止～
계산하다 計算、結帳
현금 現金
주문하다 點（菜）
조금 이따가 等一會兒

文法III

形容詞、動詞 겠다

會～（表示推測）

應該～、一定～（對話中的反應）

在前頁文法II介紹過的句型「～겠다」，除了「意志、未來計畫」的用法外，還可以表示「推測」，等於是中文的「會～」。

一般生活中，比較常聽到此句型的情況就是氣象報告。因為韓國主播播報新聞時都會用正式的說法，加上氣象報告的內容不能用很篤定的語氣，而要用推測的語氣，所以「～겠습니다」是氣象報告從頭到尾會一直出現的句型。

【例】날씨가 좋다（天氣好）→ 내일은 날씨가 좋겠습니다. 明天天氣會很好。

비가 오다（下雨）→ 내일은 비가 오겠습니다. 明天會下雨。

至於此句型的口語說法「～겠어요」，則常用來表達聽完對方說話之後給對方的反應，等於是中文的「（我猜）應該～」、「（我猜）一定～」。

【例】A) 제 남동생은 키도 크고 아주 잘 생겼어요. 我弟弟個子很高，也非常帥。

B) 학교에서 인기가 많겠어요. 他在學校人氣一定很旺（很受歡迎）。

當「～겠어요」如此表示對話中的反應時，也可以將「～겠어요」改成「～겠네요」或「～겠군요」表達。

【例】인기가 많겠어요. = 인기가 많겠네요. = 인기가 많겠군요.

※ 關於句型「～네요」、「～군요」→ 請參考第86頁

小叮嚀

若推測的內容是針對「過去某件事情發生時，對方當時的感受、情緒或情況」，此句型就必須表示時態，因此句型「～겠어요」要變成「～았겠어요 / ～었겠어요 / ～했겠어요」。

【例】A) 내일은 친구들하고 파티를 할 거예요. 我明天要跟朋友們開派對。

B) 재미있겠어요. 一定很好玩（聽起來很好玩，你那天一定會玩得開心）。

【例】A) 어제 친구들하고 파티를 했어요. 我昨天跟朋友們開了派對。

B) 재미있었겠어요. 一定很好玩（你當天一定玩得很開心）。

「ㅂ不規則」的變化：춥다 → 춥겠어요. → 추웠겠어요. 一定很冷。

「르不規則」的變化：배부르다 → 배부르겠어요. → 배불렀겠어요. 一定很飽。

文法Ⅲ練習－開口說說看 MP3-28

<STEP1>

춥다 → 내일은 춥겠습니다.

① 덥다 ② 따뜻하다 ③ 시원하다 ④ 맑다 ⑤ 흐리다 ⑥ 눈이 오다

<STEP2>

요즘 매일 야근을 해요 / (피곤하다) → A) 요즘 매일 야근을 해요.
B) 피곤하겠어요.

① 남자 친구에게서 선물을 받았어요 / (기분이 좋다)
② 여자 친구하고 헤어졌어요 / (기분이 안 좋다)
③ 어제 3시간 잤어요 / 지금 많이 (졸리다)
④ 우리 집 강아지가 죽었어요 / 많이 (슬프다)
⑤ 딸이 혼자 외국 여행을 갔어요 / 많이 (걱정되다)
⑥ 내일 중요한 면접이 있어요 / 많이 (긴장되다)

<STEP3>

어제 롯데월드에 가서 하루 종일 놀았어요 / (재미있다)
→ A) 어제 롯데월드에 가서 하루 종일 놀았어요.
B) 재미있었겠어요.

① 저번 주에 좋아하는 남자 앞에서 넘어졌어요 / (창피하다)
② 작년에 일본으로 여행 갔을 때 카메라를 잃어버렸어요 / (속상하다)
③ 동생은 8시쯤 집에서 나갔어요 / 지금쯤 학교에 (도착하다)
④ 저는 일본에서 유학했어요 / 일본 친구들을 많이 (사귀다)

쯤：大約、左右

生字

【天氣】
따뜻하다 溫暖
시원하다 涼爽、涼快
맑다 晴朗
흐리다 陰
눈이 오다 下雪

更多的天氣 → 第68頁
야근을 하다
（晚上）加班
헤어지다 分開、分手
졸리다 睏、想睡
죽다 死

슬프다 悲傷、悲哀
중요하다 重要
면접 面試
긴장되다 緊張
하루 종일 一整天
넘어지다 跌倒

창피하다 丟臉
잃어버리다 弄丟
속상하다 傷心、難過
지금쯤 大概這個時候
도착하다 到達
사귀다 交、交往

文法IV

【連接詞尾】

名詞（收X）니까	形、動（收X）니까	因為～，所以～
名詞（收O）이니까	形、動（收O）으니까	

「～니까」是從連接詞「그러니까」衍生出來的連接詞尾，表示句子前後文的因果關係，等於是中文的「因為～，所以～」。此說法常用於表示說話者的判斷根據，因此後方常接續「建議、命令」或「推測」內容的句子。

名詞（收X）：

이건 맛없는 과자니까 사지 마세요. 這是不好吃的餅乾，所以請不要買。

名詞（收O）：

출퇴근 시간이니까 차가 막힐 거예요. 因為是上下班時間，所以會塞車。

形容詞、動詞（收X）：

오늘은 바쁘니까 내일 만나요. 今天很忙，所以我們明天見面吧。

形容詞、動詞（收O）：

다음 주에 시험이 있으니까 열심히 공부하세요. 下週有考試，所以請你用功唸書。

「ㅂ不規則」的變化：춥다（冷）→ 추우니까

「ㄷ不規則」的變化：듣다（聽）→ 들으니까

「ㄹ不規則」的變化：살다（住）→ 사니까

小叮嚀

1. 此連接詞尾後方接續「建議、命令」句子時，不能用其他表示原因的連接詞尾「～아서/어서/해서」或「～때문에」代替。

   【例】다음 주에 시험이 있으니까 열심히 공부하세요.（O）

   다음 주에 시험이 있어서 열심히 공부하세요.（X）

   다음 주에 시험이 있기 때문에 열심히 공부하세요.（X）

2. 此連接詞尾後方接續「建議、命令」句子時，時態要表示清楚（尤其針對過去）。

   【例】披薩昨天也有吃，我們吃別的吧。

   피자는 어제도 먹었으니까 다른 거 먹어요.（O）

   피자는 어제도 먹으니까 다른 거 먹어요.（X）

3. 有時候此句型不用刻意翻譯成中文的「因為～，所以～」，看情況用中文的方式自然翻譯即可。

4. 「～니까」更多的用法 → 請參考《大家的韓國語－中級Ⅰ》

文法IV練習－開口說說看 MP3-29

<STEP1>

이건 공포 영화예요. 그러니까 우리 다른 영화 봐요.

→ 이건 공포 영화니까 우리 다른 영화 봐요.

① 이건 맛있는 과자예요. 그러니까 하나 더 사요.

② 지금 회의 중이에요. 그러니까 나중에 다시 통화해요.

③ 요즘 세일 기간이에요. 그러니까 백화점에 사람이 많을 거예요.

④ 올해는 이 헤어스타일이 유행이에요. 그러니까 이렇게 한번 잘라 보세요.

<STEP2>

이번 주는 （바쁘다）/ 다음 주에 만나요

→ 이번 주는 바빠요. 그러니까 다음 주에 만나요.

→ 이번 주는 바쁘니까 다음 주에 만나요.

① 시간이 （없다）/ 택시 타고 갑시다

② 밖에 비가 （오다）/ 우산을 가지고 가세요

③ 지금은 （바쁘다）/ 나중에 다시 통화합시다

④ 지금 아기가 （자고 있다）/ 조용히 하세요

⑤ 수지 씨는 예쁘고 （착하다）/ 친구들한테 인기가 많을 거예요

⑥ 날씨가 （춥다）/ 문을 열지 마세요

⑦ 국물이 많이 （뜨겁다）/ 조심해서 드세요

⑧ 이 노래는 어제도 （듣다）/ 우리 다른 노래 들어요

生字

하나 더 再一個

나중에 晚一點

세일 기간 折扣期間

헤어스타일 髮型

유행【名詞】流行

유행하다【動詞】流行

= 유행이다

이렇게 這樣、這麼

자르다 剪

아기 嬰兒

조용하다【動詞】安靜

조용히【副詞】安靜

인기가 많다 人氣旺

= 인기가 높다

문을 열다 開門

국물 湯頭、湯汁

뜨겁다 燙、熱

조심하다【動詞】小心

조심히【副詞】小心

= 조심해서

會話 I MP3-30

（下午兩點，秀智邊將報告交給部長邊說）

최수지 : 부장님, 보고서 다 작성했습니다.

부장님 : 음……（部長過目之後，指著報告上某個部分說）이 부분 좀 수정해 주겠어요?

최수지 : 네, 알겠습니다.

부장님 : 참, 수지 씨, 이번 주 일요일 이정우 씨 결혼식에 참석할 겁니까?

최수지 : 네, 참석할 겁니다. 부장님께서도 가시겠습니까?

부장님 : 그럼요. 결혼식이 12시에 시작하니까 우리 부서 사람들 11시에 회사 앞에서 만나서 다 같이 갑시다.

최수지 : 네, 알겠습니다.

（這個時候，秀智肚子有「咕嚕咕嚕」聲音）

부장님 : 수지 씨, 점심 아직 안 먹었습니까?

최수지 : 네, 아직이요.

부장님 : 배 많이 고프겠어요. 얼른 가서 식사하세요.

11:00

- 보고서를 작성하다：寫報告
- 수정하다：修正、修改
- 참.：對了。（突然想到某件事情，而想換話題時）
- 그럼요.：當然啊。
- 부서：部門
- 다 같이：大家一起
- 아직＋否定句：還沒～
- 아직이요.：還沒。
- 얼른：【副詞】趕快、趕緊

崔秀智：部長，我已經把報告寫好了。
部　長：嗯……這個部分麻煩您修正一下，好嗎？
崔秀智：是，我知道了。
部　長：對了，秀智小姐妳這個星期天要參加李政宇先生的結婚典禮嗎？
崔秀智：是，我會參加。部長您也要去嗎？
部　長：那當然。結婚典禮十二點開始，我們部門的人十一點在公司前面集合，然後大家一起過去吧。
崔秀智：是，我知道了。
部　長：妳午餐還沒吃嗎？
崔秀智：是，還沒。
部　長：妳一定很餓。趕快去用餐吧。

會話II MP3-31

다영이의 일기

2015년 1월 14일
날씨 : 맑음

오늘은 친구 윤지의 생일이었습니다. 그래서 퇴근 후 회사 근처 가게에서 선물을 사고 윤지를 만나러 갔습니다. 우리 둘은 저녁으로 스파게티를 먹고 와인도 마셨습니다. 그런데, 10시쯤 2차로 노래방에 가려고 할 때 회사에서 전화가 왔습니다. 사장님 비서가 "내일 아침에 중요한 회의가 있으니까 7시까지 출근하십시오."라고 했습니다. 그래서 윤지에게는 미안했지만 노래방에 못 가고 집으로 돌아왔습니다. 집에 와서 샤워를 한 후 뉴스를 잠깐 봤습니다. 일기예보에서는 "내일은 눈이 오고 많이 춥겠습니다. 외출 시 옷을 따뜻하게 입고 나가십시오."라고 했습니다. 내일은 추우니까 장갑도 끼고 목도리도 해야겠습니다.

- 맑다【形容詞】→ 맑음【名詞】：晴朗
- 2차：續攤
- "~" 라고 하다：【直接引用】（他）說~
- ~에게/한테 미안하다：對~感到抱歉
- 샤워(를) 하다：洗澡、淋浴
- 뉴스：新聞、新聞節目
- 일기예보：氣象報告
- 외출 시：外出時
- 장갑을 끼다：戴手套
  목도리를 하다：圍圍巾
- ~아/어/해야겠다：我看要~（才行）

多瑛的日記

二〇一五年一月十四日
天氣：晴朗

今天是朋友允志的生日。所以下班後，在公司附近的商店買禮物，然後去見她。我們兩個吃了義大利麵當晚餐，還喝了紅酒。不過，十點左右要去KTV續攤時，公司打了電話來。老闆的秘書說：「明天早上有很重要的會議，麻煩您七點前到公司。」因此，雖然對允志很不好意思，但沒能去KTV，就回家了。到家洗完澡之後看了一下電視新聞。氣象報告說「明天會下雪，會很冷。請大家外出時，穿保暖一點再出去。」明天很冷，我看要戴手套、圍圍巾才行。

學習加油站

【 天氣 】

오늘 날씨가 어때요？ / 날씨가 어떻습니까？ 今天天氣如何？
어제 날씨가 어땠어요？ / 날씨가 어땠습니까？ 昨天天氣如何？

날씨가	【現在式口語、正式說法】		【過去式口語、正式說法】	
좋다 好	좋아요	→ 좋습니다	→ 좋았어요	→ 좋았습니다
나쁘다 不好	나빠요	→ 나쁩니다	→ 나빴어요	→ 나빴습니다
맑다 晴朗	맑아요	→ 맑습니다	→ 맑았어요	→ 맑았습니다
흐리다 陰	흐려요	→ 흐립니다	→ 흐렸어요	→ 흐렸습니다
춥다 冷	추워요	→ 춥습니다	→ 추웠어요	→ 추웠습니다
덥다 熱	더워요	→ 덥습니다	→ 더웠어요	→ 더웠습니다
따뜻하다 溫暖	따뜻해요	→ 따뜻합니다	→ 따뜻했어요	→ 따뜻했습니다
시원하다 涼爽	시원해요	→ 시원합니다	→ 시원했어요	→ 시원했습니다
쌀쌀하다 陰涼	쌀쌀해요	→ 쌀쌀합니다	→ 쌀쌀했어요	→ 쌀쌀했습니다

비가
- 오다 下雨
- 내리다 下雨
- 그치다 雨停

눈이
- 오다 下雪
- 내리다 下雪
- 그치다 雪停

바람이
- 불다 有風、刮風
- 조금 불다 有微微的風
- 많이 불다 風很大

구름이
- 많다 雲很多
- 적다 雲很少
- 없다 沒有雲

기온이
- 높다 氣溫很高
- 낮다 氣溫很低

최고기온 最高氣溫
최저기온 最低氣溫
영상 25도 （零上）25度
영하 10도 零下10度

▶한국의 사계절 특징（韓國的四季特徵）

봄　春：따뜻하다 / 꽃이 피다 開花
여름 夏：덥다 / 비가 오다 / 태풍이 오다 來颱風 / 장마철이 있다 有梅雨季
가을 秋：맑다 / 시원하다 / 단풍이 들다 楓葉紅了
겨울 冬：춥다 / 눈이 오다

聽力測驗 MP3-32

1 請聆聽隨書附贈的MP3，連連看。

1) 한국　　2) 중국　　3) 프랑스　　4) 호주

2 請聆聽隨書附贈的MP3，聽寫填空。

1) 제 남동생은 예전에 야구 선수 ＿＿＿＿＿＿.

2) 저는 어제 출근을 ＿＿＿＿＿＿.

3) 다음 주에 부산으로 출장을 ＿＿＿＿＿＿.

4) 미혜 씨는 서울 어디에 ＿＿＿＿＿＿?

5) 내일 2시에 회사 앞에서 ＿＿＿＿＿＿.

6) 요즘 날씨가 많이 추우니까 감기 ＿＿＿＿＿＿.

3 請聆聽隨書附贈的MP3，選出恰當的回答或對方的反應。

1) ① 자장면을 드시겠어요.　② 삼계탕을 먹겠습니다.
③ 아직 못 먹었어요.　④ 내일 드시겠습니다.

2) ① 나중에 통화합시다.　② 오늘은 바쁘니까 내일 만나요.
③ 아직이요.　④ 많이 피곤하겠어요.

❗ 作業－習作本：第18～25頁

太熱了，我無法嫁給你！

記得처음（第一次）來台灣是10월 초（十月初），在韓國，已經是很涼爽的가을（秋天），想到要跟好久不見的男友碰面，我還特地買了가을 옷（秋裝），打扮得漂漂亮亮抵達台灣。但，一走進入境大廳，看到大家都穿著반팔（短袖）、반바지（短褲），有點傻眼，從機場一走出來，面對습하고 무더운 날씨（潮濕又悶熱的天氣），我很自然地講出一句：「Oh my God！」——這就是我對台灣的첫인상（第一個印象）。

其實，韓國的여름（夏天）也滿熱的，온도（溫度）會高到33～35도（度），但韓國那邊습도（濕度）沒那麼高，不會像台灣一樣，走一下下身體就끈적거리다（黏黏）。我待在台灣的那幾天，像小狗一樣伸出舌頭在散熱，全身땀을 흘리다（流汗）、臉上的妝一下子就糊掉了，我必須右手拿著부채（扇子），左手拿著冰飲，這樣走來走去。當時我和男友已經說好要結婚，但經過那幾天，差點跟他說：「親愛的，我是很愛你，但因為這邊날씨가 너무 덥다（天氣太熱了），恐怕我無法嫁給你！」

韓國算是사계절（四季）分明的國家，每三個月一個계절，所以六月至八月才是여름。但我覺得台灣的여름特別長，連봄,가을（春秋）兩季也常豔陽高照。我想也因為如此，韓國人피부（皮膚）相對的하얗다（白）吧！另外，韓國年輕女生，除非要在大太陽底下走很久或到郊外，否則比較少撐著양산（洋傘）（三不五時拿著양산的人，大部分都是媽媽們）。因此，剛來台灣時，看到幾乎每個女生都人手一把傘，即使只走到對街也一樣，覺得很誇張。後來發現自己也開始這麼做，原來台灣的大太陽的確是女孩子的公敵。

因為台灣여름熱，到處에어컨（冷氣）都開得很強，所以出門除了양산外，小外套也是必備的，否則在車上或辦公室裡會冷得受不了。韓國正好相反，여름一般店面開的에어컨沒那麼強，所以很多台灣朋友여름去韓國玩，都覺得너무 덥다。但因為韓國的겨울（冬天）很冷（首爾的온도會低到영하（零下）5～15도），我們겨울會將난방기（暖氣）開得很強，無論是公車、一般店面或住家都一樣，所以在실내（室內）基本上都不用穿大外套。因此，如果겨울要去韓國，要記得穿一些容易穿脫的衣服。例如太厚的高領毛衣就不太適合在실내穿，因為난방기開得太強，要脫又不方便，結果在실내流得滿身大汗，出去外面一吹風就很容易감기에 걸리다（感冒）。

제일 좋아하는 과일이 뭐예요?

(你最喜歡的水果是什麼？)

☯重點提示☯

1. 動詞（收X）ㄹ / 動詞（收O）을 / 動詞（收「ㄹ」） } 줄 { 알다 / 모르다 } 會動詞 / 不會動詞

2. 動詞아 / 動詞어 / 動詞해 } 본 적이 있다 ｜ 動詞았 / 動詞었 / 動詞했 } 었다 曾經動詞過

3. 動詞（收X）ㄹ / 動詞（收O）을 / 動詞（收「ㄹ」） } 수 { 있다 / 없다 } 可以動詞 / 不可以動詞

4. 過去：動詞ㄴ/은 / 現在：動詞는 / 未來：動詞ㄹ/을 } + 名詞 動詞的名詞

文法 I

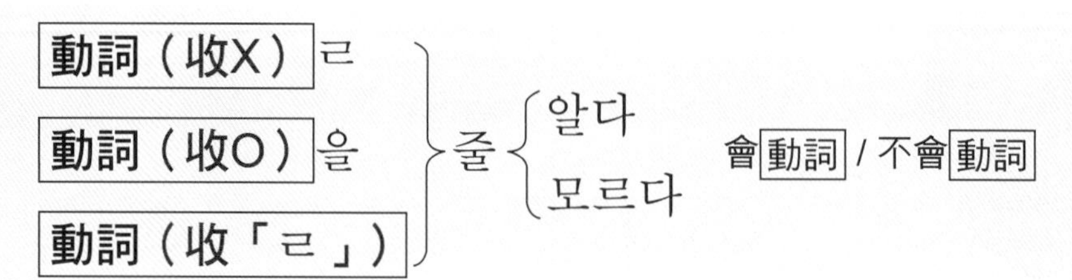

上方為接在動詞的後方，表示能力的句型。公式如下：

動詞（收X）：

한국말을 할 줄 압니다. / 한국말을 할 줄 알아요. 我會講韓文。

한국말을 할 줄 모릅니다. / 한국말을 할 줄 몰라요. 我不會講韓文。

動詞（收O）：

한글을 읽을 줄 압니다. / 한글을 읽을 줄 알아요. 我會讀韓國字。

한글을 읽을 줄 모릅니다. / 한글을 읽을 줄 몰라요. 我不會讀韓國字。

動詞（收「ㄹ」）：

김치를 만들 줄 압니다. / 김치를 만들 줄 알아요. 我會做泡菜。

김치를 만들 줄 모릅니다. / 김치를 만들 줄 몰라요. 我不會做泡菜。

「ㄷ不規則」的變化：걷다（走）→ 걸을 줄 알다 → 걸을 줄 모르다

알다
→ 압니다
→ 알아요

모르다
→ 모릅니다
→ 몰라요

嚴格來說，之前曾經學過的表示能力的句型「～ㄹ/을 수 있다」、「～ㄹ/을 수 없다」（《大家的韓國語－初級1》第172頁），它的重點其實是在於能做到某件事的能力與否，而此句型的重點則在於知不知道做某件事的方法。即使語氣上有那麼一點點的差別，但基本上這兩種句型可以互換使用。

【例】한국말을 할 줄 알아요. = 한국말을 할 수 있어요.
　　　한국말을 할 줄 몰라요. = 한국말을 할 수 없어요.

小叮嚀

1. 依照能力的程度，此句型前面還可以加些副詞「잘」或「조금」來補助內容。

【例】

100	피아노를 잘 칠 줄 알아요.	很會彈鋼琴。
	피아노를 칠 줄 알아요.	會彈鋼琴。
	피아노를 조금 칠 줄 알아요.	只會彈一點點鋼琴。
0	피아노를 칠 줄 몰라요.	不會彈鋼琴。

2. 若句型「～ㄹ/을 수 있다」與「～ㄹ/을 수 없다」的用法，不是表示能力，而是表示情況的可能性（第76頁），就不能和此句型做替換。

文法 I 練習－開口說說看 MP3-33

<STEP1>

중국어를 하다 → 저는 중국어를 할 줄 압니다.
→ 저는 중국어를 할 줄 알아요.

① 수영을 하다
② 자전거를 타다
③ 컴퓨터를 고치다
④ 된장국을 끓이다
⑤ 한국 음식을 만들다
⑥ 영어 이외에 다른 외국어도 하다

～이외에：除了～以外

<STEP2>

저 / 운전하다 → 저는 운전할 줄 모릅니다.
→ 저는 운전할 줄 몰라요.

① 저 / 기타를 치다
② 저 / 여기에서 경복궁까지 가다
③ 저 / 인터넷으로 영화표를 예매하다
④ 우리 아이 / 젓가락을 사용하다
⑤ 우리 아이 / 아직 한글을 읽다
⑥ 우리 아이 / 아직 혼자 걷다

아직：還、到現在

<STEP3>

화장하다 → A) 화장할 줄 알아요？
→ B) 아니요, 할 줄 몰라요.

① 골프를 치다
② 한국 노래를 부르다
③ 한복을 입다
④ 해물파전을 만들다

生字

고치다 修理、修改
된장국 味噌湯
끓이다 煮
외국어 外文
경복궁【地名】景福宮；朝鮮時代的皇宮
인터넷 網路
예매하다 預購、訂（電影票等）
아이 孩子、小孩
젓가락 筷子
사용하다 使用
한글 韓國字
혼자 自己、單獨
걷다 走（路）
화장하다 化妝
골프 高爾夫球
한복 韓服（韓國傳統服裝）
해물파전 海鮮煎餅

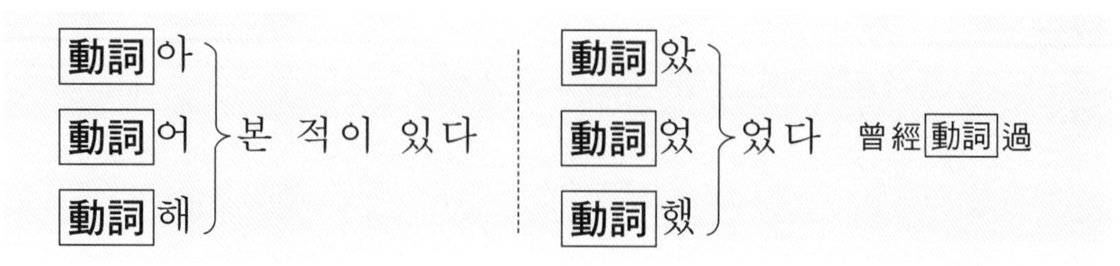

上方是表示經驗的句型，等於是中文的「曾經～過」。其實，我們在《大家的韓國語－初級1》第158頁曾學過表示經驗的另外兩種句型，左上方就是將那兩個句型合併起來的，而右上方則是用「雙重過去式」來表達過去經歷過某事。趁此機會，將表示經驗的四種說法整理出來。

1. ～ㄴ/은 적이 있다 ←→ ～ㄴ/은 적이 없다
   重點在於經驗與否，「적」後面續接的主詞助詞「이」，口語上往往被省略。
   【例】한국에 간 적이 있습니다. / 한국에 간 적 있어요. 我去過韓國。
   한국에 간 적이 없습니다. / 한국에 간 적 없어요. 我沒去過韓國。
2. ～아/어/해 봤다 ←→ 안（或 못）～아/어/해 봤다
   句型「～아/어/해 보다」本身強調「嘗試、試圖」的關係，此句型重點在於試圖與否。
   【例】한국에 가 봤습니다. / 한국에 가 봤어요. 我去過韓國。
   한국에 안 가 봤습니다. / 한국에 안 가 봤어요. 我沒去過韓國。
3. ～아/어/해 본 적이 있다 ←→ ～아/어/해 본 적이 없다
   「第2句型後方續接第1句型」組合出來的說法，主詞助詞「이」同樣可以省略。
   【例】한국에 가 본 적이 있습니다. / 한국에 가 본 적 있어요. 我去過韓國。
   한국에 가 본 적이 없습니다. / 한국에 가 본 적 없어요. 我沒去過韓國。
4. ～았/었/했었다 ←→ 안（或 못）～았/었/했었다
   原本動詞的過去式語尾是「～았/었/했다」，此句型是用兩次的過去式（雙重過去式）表達過去的經驗，強調回想的語氣，通常和具體一點的時間詞搭配使用。
   【例】작년에 한국에 갔었습니다. / 작년에 한국에 갔었어요. 去年我去過韓國。
   작년에 한국에 안 갔었습니다. / 작년에 한국에 안 갔었어요. 去年我沒去過韓國。

「ㄷ不規則」的變化：
듣다（聽）→ 들은 적이 있다 → 들어 봤다 → 들어 본 적 있다 → 들었었다
「ㄹ不規則」的變化：
살다（住）→ 산 적이 있다 → 살아 봤다 → 살아 본 적 있다 → 살았었다

文法II練習－開口說說看 MP3-34

<STEP1>

다이어트를 하다 → A) 다이어트를 해 본 적 있어요?
→ B) 네, 해 본 적 있어요.
아니요, 해 본 적 없어요.

① 제주도에 가다
② 동대문 시장에서 옷을 사다
③ 강아지를 키우다
④ 한국 음식을 먹다
⑤ 한복을 입다
⑥ 외국에서 살다

<STEP2>

친구들과 일본으로 여행 가다
→ 대학교 1학년 때 친구들과 일본으로 여행 갔었습니다.
→ 대학교 1학년 때 친구들과 일본으로 여행 갔었어요.

① 커피숍에서 아르바이트를 하다
② 친한 친구하고 싸우다
③ 노래 대회에 나가다
④ 외국 친구들에게 한국어를 가르치다
⑤ 맹장 수술을 받다
⑥ 수영 대회에서 상을 받다

<STEP3>

비행기를 타다 → 비행기를 탄 적 있어요. → 비행기를 타 봤어요.
→ 비행기를 타 본 적 있어요. → 비행기를 탔었어요.

① 해외여행을 가다
② 여자 친구에게 거짓말을 하다
③ 태권도 대회에서 1등을 하다
④ 엄마 생신을 잊어버리다
⑤ 남자 친구 때문에 울다
⑥ 전에 이 노래 여러 번 듣다

生字

키우다 養、養育
외국 外國、國外
학년 年級
친하다 （關係）要好
대회 大會、比賽

맹장 수술 盲腸手術
수술(을) 받다 動手術
≒수술(을) 하다
상 獎
상(을) 받다 得獎

비행기 飛機
거짓말(을) 하다 說謊
1등(을) 하다 得第一名
생신 （長輩的）生日
잊어버리다 忘記

전에 之前、以前
여러+名詞 ：好幾～
여러 번 好幾次

文法III

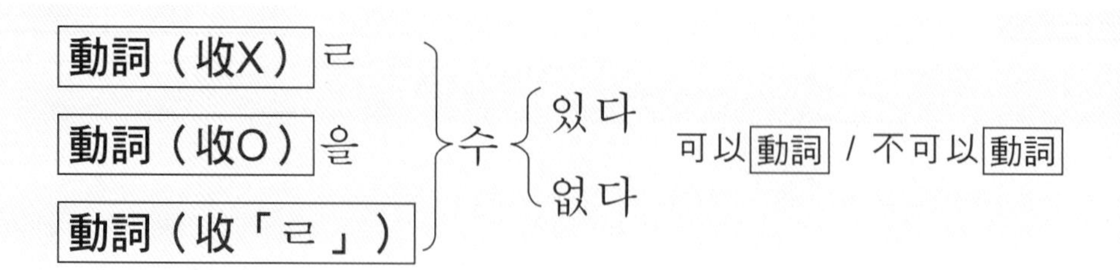

此句型，我們在《大家的韓國語－初級1》第172頁學過，當時的用法為表示能力，等於是中文的「會～ / 不會～」，而這次要學習的用法則為表示情況的可能性，等於是中文的「可以～ / 不可以～」。

動詞（收X）：
지금 갈 수 있습니다. / 갈 수 있어요. 現在可以去。
지금 갈 수 없습니다. / 갈 수 없어요. 現在無法去。
動詞（收O）：
여기에서는 사진을 찍을 수 있습니다. / 찍을 수 있어요. 在這裡可以照相。
여기에서는 사진을 찍을 수 없습니다. / 찍을 수 없어요. 在這裡不可以照相。
動詞（收「ㄹ」）：
이곳에서는 물건을 팔 수 있습니다. / 팔 수 있어요. 這個地方可以賣東西。
이곳에서는 물건을 팔 수 없습니다. / 팔 수 없어요. 這個地方不可以賣東西。
「ㄷ不規則」的變化：듣다（聽）→ 들을 수 있다 → 들을 수 없다

※此句型，在「수」後面原本有續接主詞助詞「가」，但此助詞往往被省略。
【例】이곳에서는 물건을 팔 수 있어요. = 이곳에서는 물건을 팔 수가 있어요.

小叮嚀

此句型不是表示能力，而是表示情況的可能性時，不能和句型「～ㄹ/을 줄 알다」、「～ㄹ/을 줄 모르다」互換使用。

【例】因為我剛才喝了酒，所以不可以開車。
방금 술을 마셨기 때문에 운전할 수 없어요. (O)
방금 술을 마셨기 때문에 운전할 줄 몰라요. (X)

文法Ⅲ練習－開口說說看 MP3-35

<STEP1>

오늘은 일찍 퇴근하다 → 오늘은 일찍 퇴근할 수 있습니다.
→ 오늘은 일찍 퇴근할 수 있어요.

① 8시까지 숙제를 다 하다 —— 다：都、全部
② 퇴근 후에 영화 보러 가다
③ 공항에서 핸드폰을 빌리다
④ 요즘은 핸드폰으로도 인터넷을 하다
⑤ 이 신용카드를 사용하면 할인을 받다
⑥ 스테이크를 시키면 샐러드를 공짜로 먹다

<STEP2>

여기에서는 담배를 피우다 → 여기에서는 담배를 피울 수 없습니다.
→ 여기에서는 담배를 피울 수 없어요.

① 고등학생은 술을 사다
② 우리 아파트에서는 애완동물을 키우다
③ 이번 설에는 고향에 내려가다
④ 수업 중에는 전화를 받다
⑤ 이곳에서는 음식을 먹다
⑥ 하숙집에서는 음악을 크게 듣다

일찍 早一點
공항 機場
빌리다 借、租
인터넷(을) 하다 上網
사용하다 使用
할인 折扣、打折
할인(을) 받다 拿到折扣
스테이크 牛排、肉排
시키다 點（菜）
샐러드 沙拉
공짜 免費
아파트 大廈公寓（通常指十層樓以上的大廈公寓）
애완동물 寵物
설 農曆春節 ＝ 설날
내려가다 下去（首爾位於南韓的北部，因此首爾人通常用此動詞表達「回」故鄉）
하숙집 寄宿家庭（租房、提供早晚餐）

文法IV

過去：動詞ㄴ/은
現在：動詞는　　　＋名詞　動詞的名詞
未來：動詞ㄹ/을

我們在《大家的韓國語－初級1》第186頁曾學過「形容詞修飾名詞時的變化」，例如：很貴的包包。但若修飾名詞的不是形容詞而是動詞呢？（例如：我提的包包）首先，要先將動詞原型裡共同具有的「다」拿掉之後，依照最後一個字的收尾音情況，加上考慮時態之後，再按照以下的公式改變樣子即可。

動詞修飾名詞時的變化：動詞＋名詞			
動詞表示的時態 →	過去	現在	未來
收尾音（收X） 動詞後方要接上去的語尾	ㄴ 마시다 → 마신 방금 마신 음료수 剛才喝的飲料	는 마시다 → 마시는 지금 마시는 음료수 現在喝的飲料	ㄹ 마시다 → 마실 내일 마실 음료수 明天要喝的飲料
收尾音（收O） 動詞後方要接上去的語尾	은 먹다 → 먹은 방금 먹은 도시락 剛才吃的便當	는 먹다 → 먹는 지금 먹는 도시락 現在吃的便當	을 먹다 → 먹을 내일 먹을 도시락 明天要吃的便當

「ㄷ不規則」的變化：듣다（聽）→ 들은 → 듣는 → 들을
「ㄹ不規則」的變化：팔다（賣）→ 판 → 파는 → 팔

小叮嚀

1. 有時會用句型「～고 있다（正在～）」來強調現在時態的語氣。
   【例】제가 사용하는 컴퓨터 = 제가 사용하고 있는 컴퓨터　我在用的電腦
2. 動詞接「～고 싶다（想～）」句型之後再修飾名詞時，要加的語尾是「은」。
   【例】지금 가장 먹고 싶은 한국 음식이 뭐예요?　現在最想吃的韓國菜是什麼？
3. 句型「～지 않다（不～）」修飾名詞時，要看此句型前面是形容詞還是動詞，以及時態，而要接的語尾不同。
   【例】비싸지 않은 옷 形＋名：不貴的衣服
   입지 않는 옷 動（現）＋名：不穿的衣服
4. 「～이다（是～）」修飾名詞時，要加「ㄴ」。
   【例】지금 통화 중인 사람　現在正在通電話的人

文法IV練習－開口說說看 MP3-36

<STEP1>

가다＋식당 → 어제 간 식당 → 지금 가는 식당 → 내일 갈 식당

① 사다＋가방　② 만나다＋사람　③ 보다＋영화　④ 먹다＋음식
⑤ 마시다＋차　⑥ 입다＋옷　⑦ 보내다＋이메일　⑧ 부치다＋편지
⑨ 팔다＋사과　⑩ 듣다＋음악

이메일을 보내다（O）
이메일을 부치다（X）

<STEP2>

지금 마시고 있다＋커피 → 지금 마시고 있는 커피

① 지금 보고 있다＋드라마　② 지금 들고 있다＋가방
③ 자주 먹지 않다＋음식　④ 어제 사지 않다＋신발
⑤ 지금 먹고 싶다＋것　⑥ 내일 가고 싶다＋곳
⑦ 직업이 회계사이다＋사람　⑧ 혈액형이 A형이다＋사람

～(이)라고 하다
：叫做～

<STEP3>

저는 대만에서 （오다） 진미혜라고 합니다
→ 저는 대만에서 온 진미혜라고 합니다.

① 이건 친구한테서 （받다） 거예요　② （고장 나다） 라디오를 버렸습니다
③ 어제 （배우다） 내용을 복습했어요　④ 여기 （남다） 음식 포장해 주세요
⑤ 지금 （읽고 있다） 책이 뭐예요？　⑥ 오늘은 （쉬다） 날이에요
⑦ （좋아하다） 한국 가수가 누구예요？　⑧ 미술관에 （알다） 사람이 있습니다
⑨ 내일은 （하다） 일이 아주 많아요　⑩ 내일 （배우다） 내용을 예습했어요
⑪ 기차에서 （먹다） 과자를 샀어요　⑫ 여기는 결혼 후 （살다） 집이에요

보내다 寄、送	들다 拿、提	A형 （血型）A型	남다 剩下
부치다 （郵）寄	회계사 會計師	버리다 弄掉、扔	미술관 美術館
팔다 賣、售	혈액형 血型	복습하다 複習	예습하다 預習

會話 I MP3-37

（午休時間，玄彬看到秀智在吃便當，走過去她那裡）

강현빈 : 수지 씨, 오늘은 집에서 도시락 싸 왔어요?

최수지 : 네, 어제 저녁에 먹은 반찬이 많이 남아서요.
근데, 현빈 씨도 도시락 싸 왔어요? 그게 뭐예요?

강현빈 : 샌드위치요.

최수지 : 또 샌드위치예요? 어제도 샌드위치 먹지 않았어요?

강현빈 : 네, 하지만 다른 맛이에요. 어제 먹은 건 치킨 샌드위치이고
오늘 먹을 건 참치 샌드위치예요.

（玄彬將一張椅子拉過來坐在秀智對面時）

최수지 : 참, 현빈 씨, 컴퓨터 고칠 줄 알아요?
제 노트북이 고장 나서 보고서를 작성할
수가 없어요.

강현빈 : 어떡하지요? 전 컴퓨터 고칠 줄 몰라요.
시원 씨한테 한번 부탁해 보세요.
시원 씨는 예전에 부장님 컴퓨터를 고쳐 본 적 있어요.

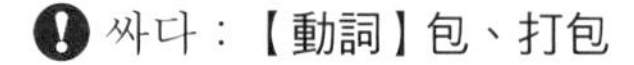

- 싸다 : 【動詞】包、打包
- 도시락을 싸다 : 弄便當、準備便當
- 반찬 : 小菜、菜
- ～아/어/해서요. : 是因為～。
- 근데 : 「그런데」的簡稱、口語說法
- 하지만 : 可是、但是
- 치킨 : 炸雞 / 참치 : 鮪魚
- 어떡하지요? : 怎麼辦啊?
- 부탁(을) 하다 : 拜託

姜玄彬：秀智小姐，妳今天從家裡帶便當來啊？

崔秀智：是啊，因為昨天晚上剩了很多菜。不過，玄彬先生你也帶便當來嗎？那是什麼啊？

姜玄彬：是三明治。

崔秀智：又是三明治啊？你不是昨天也吃了三明治嗎？

姜玄彬：是啊，不過是不同口味。昨天吃的是炸雞三明治，而今天要吃的是鮪魚三明治。

崔秀智：對了，玄彬先生你會修理電腦嗎？我筆電故障，無法寫報告。

姜玄彬：怎麼辦啊？我不會修理電腦。妳拜託始源先生看看吧。他之前曾經修理過部長的電腦。

會話II MP3-38

（大學剛畢業的明雅，為了找工作去面試）

면접관 : 간단히 자기소개를 해 보십시오.

주명아 : 안녕하십니까? 저는 주명아라고 합니다.
올해 24살이고 서울대학교 일본어과를 졸업했습니다.

면접관 : 일본어를 전공했으니까 일본어는 아주 잘하겠네요.
그럼, 일본어 이외에 다른 외국어도 할 줄 압니까?

주명아 : 네, 예전에 미국에서 생활해 본 적이 있어서 영어는 자신 있고
스페인어도 조금 할 줄 압니다.

면접관 : 이 분야에서 일한 경험이 있습니까?

주명아 : 여름방학 때마다 무역 회사에서
아르바이트를 했었습니다.

면접관 : 우리 회사는 가끔 야근을 할 수도
있습니다. 괜찮습니까?

주명아 : 네, 문제없습니다.

- 간단히：【副詞】簡單地 = 간단하게
- 자기소개(를) 하다：自我介紹
- ~과：（大學）~系
- 전공하다：【動詞】專攻、主修
- 생활하다：【動詞】生活

- 자신(이) 있다：很有自信、信心
- 스페인어：西班牙文
- 분야：領域、方面 / 경험：經驗
- 무역 회사：貿易公司
- 문제：問題 / 문제없다：沒問題

面試官：請妳簡單地自我介紹。
朱明雅：您好！我叫做朱明雅。
今年24歲，首爾大學日語系畢業的。
面試官：妳主修日語，妳日文一定講得很好。那麼，除了日文以外，還會講其他外文嗎？
朱明雅：是的，因為之前在美國曾經生活過，所以英文我很有自信，西班牙文也會一點點。
面試官：在這個行業有工作經驗嗎？
朱明雅：每次暑假我都在貿易公司打工。
面試官：我們公司偶而有可能要加班，沒關係嗎？
朱明雅：是的，沒問題。

學習加油站

【 表示喜好 】

▶제가 제일 좋아하는 계절은 봄이에요. 我最喜歡的季節是春天。
제가 제일 싫어하는 계절은 봄이에요. 我最討厭的季節是春天。

계절 : 봄 / 여름 / 가을 / 겨울
季節　春天　夏天　秋天　冬天

과일 : 사과 / 배 / 딸기 / 포도 / 바나나 / 파인애플 / 수박……
水果　蘋果　梨子　草莓　葡萄　香蕉　鳳梨　西瓜

운동 : 축구 / 농구 / 야구 / 수영 / 태권도 / 테니스 / 스키……
運動　足球　籃球　棒球　游泳　跆拳道　網球　滑雪

색깔 : 흰색 / 검정색 / 빨간색 / 노란색 / 초록색 / 파란색 / 분홍색……
顏色　白色　黑色　紅色　黃色　綠色　藍色　粉紅色

한국 음식 : 삼계탕 / 돌솥비빔밥 / 갈비 / 해물파전 / 떡볶이……
韓國料理　人參雞湯　石鍋拌飯　韓式烤肉　海鮮煎餅　辣炒年糕

한국 드라마 : 태양의 후예 / 도깨비 / 김비서가 왜 그럴까……
韓劇　太陽的後裔　鬼怪　金祕書為何那樣

한국 배우 : 송중기 / 현빈 / 이민호 / 이종석 / 송혜교 / 김태희 ……
韓國演員　宋仲基　玄彬　李敏鎬　李鍾碩　宋慧喬　金泰希

한국 가수 : 비 / 이승기 / 김종국 / 아이유 / 이효리 / 보아 / 백지영……
韓國歌手　Rain　李昇基　金鍾國　IU　李孝利　寶兒　白智榮

한국 아이돌 그룹 : 슈퍼주니어 / 엑소 / 빅뱅 / 방탄소년단 / 트와이스
韓國偶像團體　Super Junior　EXO　BIGBANG　BTS　TWICE

한국 노래 : 쏘리 쏘리 / 강남 스타일 / 아이돌
韓文歌　SORRY, SORRY　江南STYLE　IDOL

▶제가 생일날 제일 받고 싶은 선물은 핸드폰이에요. 生日那天我最想收到的禮物是手機。
제가 지금 제일 사고 싶은 건 핸드폰이에요. 現在我最想買的東西是手機。

스마트폰 / 카메라 / 노트북 / 게임기 / 손목시계 / 향수 / 화장품 / 운동화……
智慧型手機　相機　筆電　遊戲機　手錶　香水　化妝品　運動鞋

聽力測驗 MP3-39

1 請聆聽隨書附贈的MP3，選出正確的圖案。

2 請聆聽隨書附贈的MP3中的問題，選出恰當的回答。

1) ① 떡볶이요.
② 떡볶이가 제일 맛있어요.
③ 제일 좋아하는 한국 음식은 떡볶이예요.

2) ① 네, 자신 있어요.
② 미안해요. 가 본 적이 없어요.
③ 미안해요. 오늘은 할 일이 많아서 일찍 퇴근할 수가 없어요.

3 請聆聽隨書附贈的MP3，選出符合內容的句子。

1) ① 여자는 중국어를 조금 할 줄 압니다.
② 남자는 일본어를 배워 본 적이 있습니다.
③ 남자는 영어 이외에도 일어를 잘할 수 있습니다.

2) ① 여자는 지금까지 강아지를 키워 본 적이 없습니다.
② 여자는 강아지를 다시 키우고 싶어합니다.
③ 여자가 사는 아파트에서는 강아지나 고양이를 키울 수 없습니다.

❶ 作業－習作本：第33～40頁

中秋節放3天的假

台灣人比較重視설（春節），而추석（中秋節）只有放一天假。但對韓國人而言，추석是跟설一樣重要的명절（傳統節日），因此也跟설一樣，連續放三天的假（추석 전날（前一天）、추석 당일（當天）、추석 다음 날（隔天））。

추석期間，是농부（農夫）的收成期，所以吃的東西比任何계절（季節）還要豐富。因此自古以來，韓國人在추석，都會帶著剛收成的糧食與水果前去차례를 지내다（祭祖）。추석 연휴（連假）也跟설一樣，연휴 첫째 날（第一天）是在할아버지 댁（爺爺家）準備要拜拜的菜餚，둘째 날（第二天）則在祭拜祖先後到외할머니 댁（外婆家）過夜，셋째 날（第三天）才回家。因此，마지막 날（最後一天）全國고속도로（高速公路）都會大塞車。有一次，我們一家人從等同於台灣新竹到台北的距離，花了7시간（七個小時）才回到家，那天的고속도로，簡直跟주차장（停車場）沒什麼兩樣。

추석 때，台灣人吃象徵보름달（滿月）的월병（月餅）；韓國人則吃象徵반달（半圓月）的떡（年糕）。為何吃象徵반달的떡呢？因為반달之後달（月亮）會逐漸變圓，代表未來會變得更美好。這種떡叫做「송편（松糕）」，송代表소나무（松樹），송편是因為蒸這種떡時，會先將솔잎（松樹葉）擺在鍋子裡，再把떡放上去，因而取其名。솔잎本身有殺菌的效果，再加上有독특한 향（獨特的香味），所以上菜時也會把솔잎當成떡的擺飾。송편的外觀，大部分都是흰색（白色）或녹색（綠色），裡面是包著味道淡淡的豆沙或芝麻的甜餡。很多韓國人說把송편做得漂亮，以後可以生出漂亮的딸（女兒）。

떡是韓國的전통 음식（傳統食物），除了설或추석等명절外，백일（小孩出生滿一百天）、돌（周歲生日）、還有환갑잔치（六十歲的壽宴）都會吃，此外，剛개업（開幕）或이사（搬家）時，也會做些떡來跟鄰居分享。其實，對愛吃빵（麵包）和케이크（蛋糕）的年輕人而言，떡不太受歡迎。但是這幾年，年糕業者為了吸引年輕顧客，已經將떡的口味和樣子多樣化，各式各樣的口味很符合現在的年輕人，甚至也有用떡做的생일 케이크（生日蛋糕）。想嚐嚐韓國떡的台灣朋友們，下次去韓國時，可以在백화점（百貨公司）的식품 코너（食品區），輕鬆找到떡專櫃。

第六課

이 옷 한번 입어 봐도 돼요?

（這件衣服可以試穿嗎？）

☯重點提示☯

1. 名詞（收X）네요.
   名詞（收O）이네요.
   形、動 네요. ～耶、～喔、～啊。

2. 部分動詞 고 있다 ～著

3. 動詞 아도 / 動詞 어도 / 動詞 해도 } 되다 可以～

4. 動詞（收X、收「ㄹ」）면 / 動詞（收O）으면 } 안 되다 不可以～

文法 I

名詞（收X）네요.
名詞（收O）이네요.

形、動네요.　～耶、～喔、～啊。

上方為說話者「針對剛發現或剛得知的事實表達個人感覺」時常用的句型，帶有些許感嘆、驚訝的語氣。通常翻譯成中文的「～耶、～喔、～啊」，但有時視情況不翻譯出來也沒關係。

名詞（收X）：

동생이 농구 선수네요.（剛發現同事的弟弟是籃球選手）你弟弟是籃球選手啊。

名詞（收O）：

남자 친구가 미국 사람이네요.（剛發現同事的男友是美國人）妳男友是美國人啊。

形容詞、動詞：

여자 친구가 참 예쁘네요.（第一次看到同事女友的照片）你女朋友很漂亮耶。

매운 음식을 잘 먹네요.（發現同事正在吃辣的食物，吃得很開心）你很會吃辣的食物喔。

「ㄹ不規則」的變化：살다（住）→ 사네요 → 살았네요

「르不規則」的變化：바르다（擦、塗）→ 바르네요 → 발랐네요

小叮嚀

1. 若此說法針對的是說話者發現此事實之前早就發生的事情，那就必須表示時態。因此句型「～네요」要變成「～았네요 / ～었네요 / ～했네요」。
【例】시험을 잘 봤네요.（剛得知對方這次考試拿了一百分）你考試考得很好耶。

2. 此句型「～네요」可以和句型「 ～군요 」互換使用。
「～군요」的公式如下：

名詞（收X）군요.	【例】동생이 농구 선수군요.
名詞（收O）이군요.	【例】남자 친구가 미국 사람이군요.
形容詞군요.	【例】여자 친구가 참 예쁘군요.
動詞（現在）는군요.	【例】매운 음식 잘 먹는군요.
動詞（過去）았/었/했군요.	【例】시험을 잘 봤군요.

「ㄹ不規則」的變化：動살다（住）→ 사는군요 / 形멀다（遠）→ 멀군요

「르不規則」的變化：바르다（擦、塗）→ 발랐군요

※「～군요」更多的用法 → 請參考《大家的韓國語－中級 I》

文法 I 練習－開口說說看 MP3-40

<STEP1>

이 영화 참 재미있다 → 이 영화 참 재미있네요.
→ 이 영화 참 재미있군요.

① 여기 음식이 참 맛있다
② 이 신발은 좀 불편하다
③ 국이 조금 짜다
④ 이 동네 집값이 참 비싸다
⑤ 그건 좀 촌스럽다
⑥ 토모코 씨 한국말을 참 잘하다
⑦ 회사가 너무 멀다
⑧ 어렸을 때 참 귀여웠다

<STEP2>

남자 친구가 의사이다 → 어, 남자 친구가 의사네요.
→ 어, 남자 친구가 의사군요.

어：咦（有點驚訝）

① 오늘이 미혜 씨 생일이다
② 정우 씨 저랑 생일이 똑같다
③ 시원 씨 우리 동네에 살다
④ 엘리베이터가 고장 났다
⑤ 다영 씨 저랑 같은 학교 졸업했다
⑥ 명아 씨 매니큐어 발랐다

<STEP3>

이 노래 / 참 좋다 → A) 이 노래 어때요?
→ B) 참 좋네요.

① 저 가수 / 노래를 참 잘하다
② 저 배우 / 연기를 참 잘하다
③ 라면 맛 / 조금 맵다
④ 제 남동생 / 참 잘생겼다

生字

불편하다 不方便、不舒服
국 湯
짜다 鹹
동네 社區
값 價錢
집값 房價
촌스럽다 老氣、土
어렸을 때 小時候
엘리베이터 電梯
졸업(을) 하다 畢業
매니큐어 指甲油
바르다 擦、塗
연기(를) 하다 演戲
연기를 잘하다
很會演戲、演技很好
잘생기다
長得好看、帥

部分動詞고 있다　～著

此句型，我們在《大家的韓國語－初級1》第112頁學過，當時的用法為表示正在進行中的動作，等於是中文的「正在～」，而這次要學習的用法則為表示維持某種情況，等於是中文的「～著」。注意！接此句型表達此用法的動詞有限，這種說法通常用於形容穿著或外貌比較多。

【例】다영 씨는 안경을 쓰고 있어요. 多瑛小姐戴著眼鏡。

저기 안경을 쓰고 있는 사람이 다영 씨예요. 那邊戴著眼鏡的人就是多瑛小姐。

各種服裝、配件、飾品	通常和左方名詞搭配使用的動詞	
모자 帽子 / 안경 眼鏡……	**쓰다 戴**	**벗다 脫、拿下來**
우산 雨傘 / 양산 陽傘……	쓰다 撐 / 들다 拿	접다 收
옷 衣服 / 바지 褲子 / 티셔츠T恤……	**입다 穿**	**벗다 脫**
양말 襪子 / 신발 鞋子……	**신다 穿**	**벗다 脫**
목걸이 項鍊 / 목도리 圍巾……	하다 戴、圍	풀다 拿下來
귀고리 耳環 / 팔찌 手環……	하다 戴	빼다 拿下來
반지 戒指 / 콘택트렌즈 隱形眼鏡……	끼다 戴	빼다 拿下來
(손목) 시계 手錶……	차다 戴	풀다 拿下來
장갑 手套……	끼다 戴	벗다 脫、拿下來
허리띠 = 벨트 腰帶……	하다 繫	풀다 解開
가방 包包 / 핸드백 手提包……	메다 背 / 들다 拿、提	내려놓다 放下來
넥타이 領帶 / 신발끈 鞋帶……	매다 打（結）、綁	풀다 解開

※更多的服裝、配件、飾品、鞋子 → 請參考第96頁

小叮嚀

形容穿著或外貌時，用動詞的過去式「～았/었/했다」也可以表達跟此句型同樣的意思。

【例】다영 씨는 안경을 썼어요. 多瑛小姐戴著眼鏡。

저기 안경을 쓴 사람이 다영 씨예요. 那邊戴著眼鏡的人就是多瑛小姐。

※動詞（過去）+名詞：→ 請參考第78頁

文法II練習－開口說說看 MP3-41

<STEP1>

안경을 쓰다 → 이정우 씨는 안경을 쓰고 있어요.
→ 이정우 씨는 안경을 썼어요.

① 야구 모자를 쓰다
② 흰색 티셔츠를 입다
③ 청바지를 입다
④ 운동화를 신다
⑤ 비싼 시계를 차다
⑥ 장갑을 끼다
⑦ 넥타이를 매다
⑧ 파란색 배낭을 메다

매다 → （매어요） → 매요
메다 → （메어요） → 메요

<STEP2>

모자를 쓰다 → 저기 모자를 쓰고 있는 사람이 김다영 씨예요.
→ 저기 모자를 쓴 사람이 김다영 씨예요.

① 양산을 쓰다
② 분홍색 스웨터를 입다
③ 갈색 구두를 신다
④ 목도리를 하다
⑤ 귀고리를 하다
⑥ 반지를 끼다

名詞A에 名詞B
：A搭配B

<STEP3>

티셔츠 / 청바지 → 저는 지금 티셔츠에 청바지를 입고 있어요.

① 흰색 블라우스 / 검정색 치마
② 선글라스 / 모자
③ 반바지 / 운동화
④ 회색 와이셔츠 / 까만색 넥타이

生字

【顏色】
검정색 黑色
= 검은색 / 까만색
흰색 白色 = 하얀색
회색 灰色
갈색 棕色

빨간색 紅色
주황색 橙色、橘色
노란색 黃色
녹색 綠色 = 초록색
파란색 藍色
남색 靛色、深藍色

보라색 紫色
금색 金色
은색 銀色
청바지 牛仔褲
운동화 運動鞋
배낭 背包

스웨터 毛衣
블라우스 （女）上班襯衫
치마 裙子
선글라스 太陽眼鏡、墨鏡
반바지 短褲
와이셔츠 （男）上班襯衫

動詞 아도		
動詞 어도	되다	可以～
動詞 해도		

此句型接在動詞後方，表示許可，肯定句時表達說話者允許對方做某件事，疑問句時則表示說話者想得到對方的允許。等於是中文的「可以～」。

動詞아/어/해도 됩니다.（正式）/ 動詞아/어/해도 돼요.（口語）

動詞＋아：먼저 가도 됩니다. → 먼저 가도 돼요. 你可以先走。

動詞＋어：먼저 먹어도 됩니까? → 먼저 먹어도 돼요? 我可以先吃嗎？

動詞＋해：먼저 퇴근해도 됩니다. → 먼저 퇴근해도 돼요. 你可以先下班。

「ㄷ不規則」的變化：지금 음악 들어도 됩니까? → 지금 음악 들어도 돼요?
我現在可以聽音樂嗎？（原型듣다→들어도 되다）

「르不規則」的變化：지금 노래 불러도 됩니까? → 지금 노래 불러도 돼요?
我現在可以唱歌嗎？（原型부르다→불러도 되다）

此句型裡的「되다（可以、行）」用「괜찮다（沒關係）」代替也無妨。

【例】먼저 퇴근해도 됩니다. = 먼저 퇴근해도 괜찮습니다.
먼저 퇴근해도 돼요. = 먼저 퇴근해도 괜찮아요.

小叮嚀

1. 之前曾經學過表示「可以～」的另外一個句型「～ㄹ/을 수 있다（第76頁）」。它的重點在於情況的可能性或規則上是否可行，而「～아/어/해도 되다」的重點則在於說話者或聽話者是否願意允許某件事。因此，這兩種說法有時可以互相替換，但有時就不可以。

   【例】在這裡可以抽菸嗎？
   여기에서 담배 피워도 돼요? = 여기에서 담배 피울 수 있어요?
   我可以先回家嗎？
   저 먼저 집에 가도 돼요?（O） 저 먼저 집에 갈 수 있어요?（X）

2. 名詞後方直接接「되다」也能表達「可以～」的意思。

   【例】이거 환불 돼요? 這個可以退錢嗎？

文法Ⅲ練習－開口說說看 MP3-42

<STEP1>

담배를 피우다 → 여기에서는 담배를 피워도 됩니다.
→ 여기에서는 담배를 피워도 돼요.
→ 여기에서는 담배를 피워도 괜찮습니다.
→ 여기에서는 담배를 피워도 괜찮아요.

① 자전거를 타다
② 휴대전화를 사용하다
③ 술을 마시다
④ 사진을 찍다
⑤ 음식을 먹다
⑥ 음악을 크게 듣다

<STEP2>

저 먼저 가다 / 먼저 가다 → A) 저 먼저 가도 돼요?
B) 그럼요, 먼저 가세요.

그럼요.
：當然啊。

① 이 컴퓨터 잠깐 쓰다 / 쓰다
② 여기에 주차하다 / 주차하다
③ 이 책 읽다 / 읽다
④ 이 옷 한번 입어 보다 / 입어 보다
⑤ 이 신발 한번 신어 보다 / 신어 보다
⑥ 불 켜다 / 켜다
⑦ 여기에서 노래 부르다 / 부르다
⑧ 창문 열다 / 열다

「ㄹ不規則」的變化
열다 → 여세요（第156頁）

휴대전화 手機
= 휴대폰, 핸드폰, 이동전화
잠깐 一會兒、暫時
= 잠시

쓰다
【動詞】①寫 ②戴 ③使用
【形容詞】苦

주차하다 停車
입어 보다 試穿（衣服）
신어 보다 試穿（鞋子）
불 ①火 ②燈
창문 窗戶

켜다 開（燈、電器）
끄다 關（燈、電器）
열다 開（門、窗戶）
닫다 關（門、窗戶）

文法IV

動詞（收X、收「ㄹ」）면 / 動詞（收O）으면 } 안 되다　不可以～

此句型為「～면/으면（～的話）」和「안 되다（不可以、不行）」的組合。接在動詞後方，表示禁止、限制，算是在本課「文法III」學過的句型「～아/어/해도 되다」的否定句。此句型用於肯定句時，表達說話者不允許對方做某件事，等於是中文的「不可以～、不能～」。

動詞면/으면 안 됩니다.（正式）/ 動詞면/으면 안 돼요.（口語）

沒有收尾音：

앞으로 술을 마시면 안 됩니다. → ～ 술을 마시면 안 돼요. 以後你不可以喝酒。

收尾音為「ㄹ」：

이 창문은 열면 안 됩니다. → ～ 열면 안 돼요. 這個窗戶不可以打開。

其他收尾音：

여기에서는 사진을 찍으면 안 됩니다. → ～ 찍으면 안 돼요. 在這裡不可以照相。

「ㄷ不規則」的變化：

너무 오래 걸으면 안 됩니다. → ～ 걸으면 안 돼요. 你不可以走太久。

（原型걷다 → 걸으면 안 되다）

小叮嚀

說話者拿「自己心裡認為應該不會被允許的行為」來跟對方確認可否做那件事，或是「自己覺得那是對方很難答應的事情，但很想得到對方的許可」時，會採用此句型疑問句的方式，來表達「（拜託）～，可不可以？」的語氣。

【例】실내에서 담배를 피우면 안 됩니까？　在室內不可以抽菸嗎？

이 옷 저 좀 빌려 주면 안 돼요?

【直譯】這件衣服你不行借給我嗎？ → 你可不可以借給我這件衣服？

文法IV練習－開口說說看 MP3-43

<STEP1>

담배를 피우다 → 담배를 피우면 안 됩니다.
→ 담배를 피우면 안 돼요.

닫다 → 닫으면～（正常變化）
듣다 → 들으면～
（「ㄷ不規則」的變化）

① 술을 마시다
② 뛰어다니다
③ 쓰레기를 버리다
④ 신발을 신다
⑤ 문을 닫다
⑥ 음악을 크게 듣다

<STEP2>

비행기 안 / 휴대전화를 사용하다
→ 비행기 안에서는 휴대전화를 사용하면 안 됩니다.
→ 비행기 안에서는 휴대전화를 사용하면 안 돼요.

① 기숙사 / 애완동물을 키우다
② 도서관 / 큰소리로 얘기하다
③ 미술관 / 그림을 손으로 만지다
④ 교실 / 모자를 쓰고 있다

<STEP3>

저 먼저 가다 / 먼저 가다 → A) 저 먼저 가도 돼요?
B) 네, 먼저 가도 돼요.
아니요, 먼저 가면 안 돼요.

① 여기에 주차하다 / 주차하다
② 여기에 앉다 / 앉다
③ 이거 먹어 보다 / 먹어 보다
④ 이 구두 한번 신어 보다 / 신어 보다

뛰다 跑
뛰어다니다 跑來跑去
쓰레기 垃圾
버리다 丟掉、扔
기숙사 宿舍
그림 畫
만지다 摸、碰

會話 I MP3-44

（秀智經過服飾店時看上一件裙子，就進店裡指著那件裙子問店員）

최수지 : 저기요, 이 치마 한번 입어 봐도 돼요?

점 원 : 그럼요, 손님. 사이즈 몇 입으세요?

최수지 : 55 입어요.

점 원 : 55……（一堆衣服裡面找到對的尺寸）여기 있네요.
저기 탈의실에서 갈아입고 나오세요.
（看到客人換衣服出來，就問她）어떠세요?

최수지 : 음……좀 작네요.
한 사이즈 더 큰 거 입어 봐도 돼요?

점 원 : 네, 잠시만 기다리세요.
（客人換衣服出來，店員就說）어머, 손님~ 딱 맞네요. 너무 예뻐요.
지금 신고 있는 구두하고도 너무 잘 어울리네요.

최수지 : 그래요? 그럼 이걸로 할게요.
（邊結帳邊說）근데 이거 물세탁 가능하지요?

점 원 : 아니요, 이 치마는 물세탁하면 안 돼요. 드라이클리닝 해 주세요.

❗ 입다 → 입으세요（高級敬語、口語）
어때요 → 어떠세요
※ 有關高級敬語 → 第132頁

❗ 韓國的「衣服、鞋子」尺寸 → 第96頁

❗ 탈의실：更衣室

❗ 딱 맞다：很合身（尺寸剛剛好）
❗ 어울리다：適合、搭

❗ 물세탁(을) 하다：水洗
드라이클리닝(을) 하다：乾洗

崔秀智：請問這件裙子可以試穿嗎？
店員　：當然可以。您穿幾號？
崔秀智：我穿55號。
店員　：55……在這裡。
在那間更衣室換好衣服再出來吧。
怎麼樣？
崔秀智：嗯……有點小耶。可以試穿大一號的嗎？
店員　：請稍等。
天啊，小姐～很合身耶。太漂亮了。
跟妳現在穿的皮鞋也非常搭。
崔秀智：是嗎？那我買這件。不過，這件可以水洗吧？
店員　：不行，這件裙子不可以水洗。麻煩妳乾洗。

會話II MP3-45

（多瑛與始源，兩個人去參觀博物館）

김다영 : 시원 씨, 이 박물관에 와 본 적 있어요?

박시원 : 아니요, 처음이에요. 다영 씨는요?

김다영 : 저는 예전에 몇 번 와 봤어요.

（這時候始源發現很特別的展示品，邊摸邊講話）

박시원 : 와, 다영씨 이것 좀 보세요. 옛날 사람들은
이런 걸 어떻게 만들었을까요?
너무 신기하네요.

김다영 : 시원 씨, 박물관에서는 전시물을 만지면 안 돼요.

박시원 : 그래요? 몰랐어요. 그럼 사진도 찍으면 안 돼요?

김다영 : 사진은 찍어도 괜찮아요. 하지만 플래시를 사용하면 안 돼요.

박시원 : 그렇군요. （始源參觀到一半，突然指著站在遠方的一個人說）
어, 저기 야구 모자를 쓰고 있는 사람 규현 씨 아니에요?

김다영 : 어머, 정말 그렇네요. 박물관에서는 큰 소리로 얘기하면 안 되니까
우리가 규현 씨 쪽으로 가서 인사해요.

- 옛날：很久以前
- 이렇다：【形容詞】這樣
  이런+名詞：這樣的名詞
  이런 것을 → 이런 걸（簡稱、口語）
  ※「ㅎ不規則」的變化 → 第157頁
- 신기하다：神奇
- 전시물：展示品
- 플래시：閃光燈
- 그렇다：【形容詞】那樣
  그렇군요.：原來如此。
  정말 그렇네요.：真的那樣耶 / 真的耶。
- 인사(를) 하다：打招呼、問候

金多瑛：始源先生，你之前來過這家博物館嗎？
朴始源：沒有，這是第一次。多瑛小姐，妳呢？
金多瑛：我之前來過幾次。
朴始源：哇，多瑛小姐妳看這個。以前的人是怎麼做出這種東西呢？好神奇喔。
金多瑛：始源先生，在博物館不能碰展示品。
朴始源：是嗎？我不知道。那麼拍照也不行嗎？
金多瑛：拍照是可以。但是，不可以用閃光燈。
朴始源：原來如此。咦，那邊戴著棒球帽的人不是圭賢嗎？
金多瑛：咦，真的耶。在博物館不可以大聲講話，我們去圭賢那邊再跟他打招呼吧。

學習加油站

【 逛街 】

▶A：사이즈 몇 입으세요？ ＝ 사이즈가 어떻게 되세요？ （衣服）您穿幾號？
B：55 입어요. 我穿55號。

韓國衣服尺寸，女生套裝、裙子尺寸分為44/55/66/77（等於是XS / S / M / L），一般休閒服與運動服裝尺寸分為85/90/95/100/105（等於是XS / S / M / L / XL）。

▶A：신발 몇 신으세요？ ＝ 신발 사이즈가 어떻게 되세요？ 鞋子您穿幾號？
B：230 신어요. 我穿230號。

韓國的鞋子尺寸以mm來算，台灣的鞋號大多則使用日本尺碼（cm）或歐洲尺碼。

韓碼	225	230	235	240	245	250	…
日碼	22.5	23	23.5	24	24.5	25	…
歐碼（女）	36	36.5	37	37.5	38	38.5	…

▶各種服裝、配件、飾品、鞋子

모자 帽子 야구 모자 棒球帽 털모자 毛帽	안경 眼鏡 선글라스 太陽眼鏡 돋보기안경 老花眼鏡	옷 衣服 비옷 雨衣 잠옷 睡衣	속옷 內衣 브래지어 胸罩 팬티 內褲
티셔츠 T恤 긴팔 長袖 반팔 短袖 민소매 無袖	바지 褲子 긴바지 長褲 반바지 短褲 청바지 牛仔褲	치마 裙子 = 스커트 미니스커트 迷你裙 원피스 洋裝	조끼 背心 스웨터 毛衣 남방 休閒襯衫
정장 套裝 양복 西裝 와이셔츠 男上班襯衫 블라우스 女上班襯衫	외투 外套 잠바（防水、短）夾克 코트（冬天）大衣	목걸이 項鍊 귀고리 耳環 팔찌 手環、手鍊 반지 戒指	머리핀 髮夾 머리띠 髮箍 허리띠 腰帶 = 벨트
스카프 絲巾 목도리 圍巾 장갑 手套	양말 襪子 스타킹 絲襪 레깅스 內搭褲	구두 皮鞋 하이힐 高跟鞋 부츠 靴子	운동화 運動鞋 샌들 涼鞋 슬리퍼 拖鞋

▶무늬： 줄무늬 / 체크무늬 / 꽃무늬 / 물방울무늬 / 호피무늬
紋路　條紋　格紋　花紋　水珠紋（點點的）　豹紋

聽力測驗 MP3-46

1 請聆聽隨書附贈的MP3，找出下列每位是圖案中的哪位，將它的號碼寫出來。

① 최수지 ( )

② 주명아 ( )

③ 박시원 ( )

④ 이정우 ( )

2 請聆聽隨書附贈的MP3中的問題，選出恰當的回答。

1) ① 예쁘는군요.　② 촌스러웠네요.
   ③ 그렇군요.　④ 잘 어울리네요.

2) ① 네, 안 돼요.　② 아니요, 찍을 줄 모릅니다.
   ③ 네, 찍어도 괜찮아요.　④ 아니요, 찍은 적 없어요.

3 請聆聽隨書附贈的MP3，選出不符合內容的句子。

1) ① 남자는 쇼핑 중입니다.
   ② 남자는 지금 신발 가게에 있습니다.
   ③ 남자는 마음에 드는 구두를 샀습니다.

2) ① 기숙사에서 담배는 피우면 안 되지만 술은 마셔도 됩니다.
   ② 기숙사에서는 생일 파티를 할 수 없습니다.
   ③ 밤 11시 이후에는 기숙사에 들어갈 수 없습니다.

❗ 作業－習作本：第41～48頁

看不出來的有錢人

有一天，我和先生要去逛야시장（夜市），在附近找주차장（停車場），停好後發現我們車對面停放一輛最頂級的벤츠（賓士），我們忍不住邊欣賞邊說：「買得起這麼貴的車，這個人一定超有錢喔～」호랑이도 제 말 하면 온다（說曹操，曹操就到），那輛車的主人馬上出現，可是我一看到他的옷차림（穿著），當場傻眼。那個人穿著러닝셔츠（白色背心）和반바지（短褲）外加藍白슬리퍼（拖鞋），我心裡OS：「怎麼可能……是因為太熱，才일부러（故意）這樣穿嗎？」後來陸續發現不少類似的情形。剛開始이해할 수 없다（無法理解），只覺得台灣的부자（有錢人）很이상하다（奇怪），住久了才知道，這就是反映台灣人重視內在多過於外表的「低調」。

這一點跟韓國很不一樣。對韓國人而言，內在和外在都一樣중요하다（重要），也可以說我們比較在乎別人的眼光，台灣人則比較隨自己的意。也因為這樣，韓國女生一대학에 들어가다（上大學）就開始花很多功夫在화장（化妝）上。在韓國，女生素顏上班，是很예의가 없다（沒禮貌）的事情，所以在출근 시간（上班時間）搭公車，會看到有些女生趁著公車在等紅燈時趕快눈썹을 그리다（畫眉毛）、립스틱을 바르다（擦口紅）。還有韓國媽媽如果要參加孩子學校的학부모회（家長會），起碼也會립스틱을 바르다，要不然孩子會很沒面子。

韓國人重視外表，從一般아파트（大廈公寓）或빌딩（大樓）的외관（外觀）也看得出來。尤其韓國的首都서울（首爾），那邊很多빌딩都會定期請專人清潔或重新粉刷건물（建築）的외관。這樣他們住的或上班的地方，외관看起來才不會很舊，對집값（房價）也有幫助。但是台灣除了近幾年才新蓋的빌딩外，路上會看到很多「又舊又髒」的집（房子）與빌딩，而且很多주택（住宅）都裝了鐵窗，光看外面，真的看不出來那裡是집값很高的동네（社區）或裡面인테리어（裝潢）得有多豪華。可能在台灣，住的人或要買賣집的人，都比較개의치 않다（不在意）這些吧！

第七課

모델이 되려면 키가 커야 해요.

（要當模特兒的話，必須要個子高。）

重點提示

1. 形容詞 아 / 形容詞 어 / 形容詞 해 } 지다　變（得）～

2. 動詞（收X、收「ㄹ」）려고 / 動詞（收O）으려고　為了～

3. 形、動 아야 / 形、動 어야 / 形、動 해야 } 하다　必須（要）～

4. 動詞（收X、收「ㄹ」）려면 / 動詞（收O）으려면　（如果）要～的話

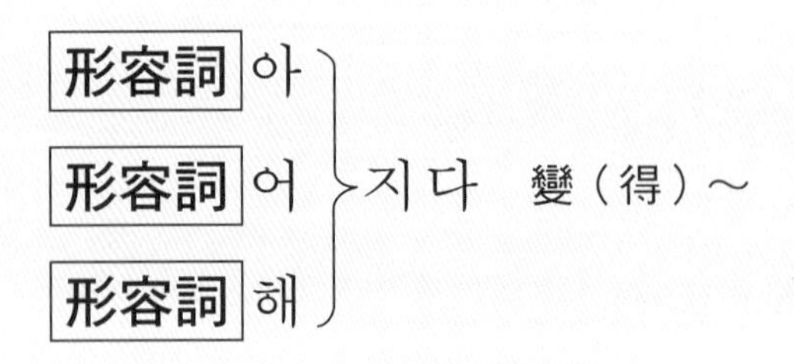

此句型接在形容詞後方，表示某種情況、狀態的變化，等於是中文的「變（得）～」。

形容詞 아/어/해집니다（正式）→ 形容詞 아/어/해져요（口語）

形容詞＋아：높다 → 높아집니다. → 높아져요. 變高。

形容詞＋어：적다 → 적어집니다. → 적어져요. 變少。

形容詞＋해：따뜻하다 → 따뜻해집니다. → 따뜻해져요. 變溫暖。

「ㅂ不規則」的變化：춥다 → 추워집니다. → 추워져요. 變冷。

「르不規則」的變化：빠르다 → 빨라집니다. → 빨라져요. 變快。

用此句型造句時，通常採用現在時態陳述一般事實或現象，採用過去時態表示已經進行完的變化，而採用未來時態則表達預測或推測未發生的變化。

【例】단 것을 많이 먹으면 뚱뚱해져요. 吃很多甜食會變胖。

단 것을 많이 먹어서 뚱뚱해졌어요. 因為吃很多甜食，所以變胖了。

단 것을 많이 먹으면 뚱뚱해질 거예요. 如果吃很多甜食的話，會變胖。

小叮嚀

原本形容詞的單字接在此句型之後，它的詞性會改為動詞，即此句型後方再接其他句型或做些變化時，它必須要「按照動詞的公式變化」才行。

【例】變漂亮的方法

예쁘다 → 예뻐지다＋법 → 動詞（現在）＋名詞：예뻐지는 법（O）

→ 形容詞＋名詞：예뻐진 법（X）

文法 | 練習－開口說說看 MP3-47

<STEP1>

싸다 → 싸져요 → 싸졌어요

① 좋다 ② 작다 ③ 크다 ④ 예쁘다
⑤ 멋있다 ⑥ 유명하다 ⑦ 조용하다 ⑧ 다르다

<STEP2>

손님이 많다 → 손님이 많아졌어요.

① 공기가 나쁘다
② 한국어 발음이 좋다
③ 남자 친구가 싫다
④ 돈이 없다 —— 없어지다：不見了、沒了
⑤ 교통이 편리하다
⑥ 미국 생활에 익숙하다
⑦ 날씨가 춥다
⑧ 문법이 어렵다

<STEP3>

적게 먹고 운동하면 (날씬하다) → 적게 먹고 운동하면 날씬해질 거예요.

① 술과 담배를 끊으면 (건강하다)
② 에어컨을 켜면 곧 (시원하다) —— 곧：馬上、快要
③ 방학이 끝나면 도서관에 학생들이 (많다)
④ 이 약을 먹으면 두통이 (없다)

生字

좋다 ①喜歡 ②好
유명하다 有名
다르다 不一樣、不同
공기 空氣
발음 發音
싫다 ①討厭、不喜歡 ②不想、不要
편리하다 便利、方便
생활 生活
익숙하다 熟悉
익숙해지다 變熟悉、習慣
문법 文法
끝나다 結束
두통 頭痛

文法II

動詞（收X、收「ㄹ」）려고
動詞（收O）으려고
為了～

我們在《大家的韓國語－初級1》第168頁學過句型「～려고/으려고 하다」，表示「動作的意圖或目的」，等於是中文的「打算～」。但是其實此句型後方還可以接其他語尾，應用成不同樣子、口氣的句型。

1. ～려고/으려고 하다（打算～）：
   基本句型的原型，後面可接代表不同時態、口氣的語尾，位於句子的最後。
2. ～려고/으려고요（打算～）：
   基本句型的口語說法「～려고/으려고 해요.」的縮寫，位於句子的最後。（→第23頁）
3. ～려고/으려고（為了～）：
   句型「～려고/으려고 하다」和連接詞尾「～고」的組合，位於句子的中間。
4. ～려면/으려면（要～的話）：
   句型「～려고/으려고 하다」和「～면/으면」的組合，位於句子的中間。（→第106頁）

而在這頁要研究的就是上方的第三個句型「～려고/으려고」。公式如下：
沒有收尾音：우유를 사려고 슈퍼에 갔어요. 為了買牛奶，我去了超市。
收尾音為「ㄹ」：샌드위치를 만들려고 식빵을 샀어요. 為了做三明治，我買了吐司。
其他收尾音：졸업식 때 신으려고 구두를 샀어요. 為了畢業典禮時要穿，我買了皮鞋。
「ㄷ不規則」的變化：버스 탈 때 음악을 들으려고 MP3를 샀어요.
為了要搭公車時聽音樂，我買了MP3。（原型듣다 → 들으려고）

小叮嚀

之前曾經學過句型「～러/으러＋動詞（《大家的韓國語－初級1》第126頁）」，它也表示「動作的意圖、目的」，和「～려고/으려고」可以互相替換。但，注意！「～러/으러」後方只能接像「가다 去」、「오다 來」等表示移動的動詞。而「～려고/으려고」在搭配動詞方面則沒有限制。

【例】為了寄信，去了郵局。 편지를 부치려고 우체국에 갔어요.（O）
편지를 부치러 우체국에 갔어요.（O）
為了變健康，戒了菸。 건강해지려고 담배를 끊었어요.（O）
건강해지러 담배를 끊었어요.（X）

文法II練習－開口說說看 MP3-48

<STEP1>

명동 / 화장품을 사다 → A) 명동에 왜 갔어요?
B) 화장품을 사려고 갔어요.
화장품을 사러 갔어요.

① 커피숍 / 친구를 만나다
② 편의점 / 음료수를 사다
③ 우체국 / 소포를 부치다
④ 미장원 / 파마하다
⑤ 은행 / 환전하다
⑥ 주유소 / 기름을 넣다

<STEP2>

친구에게 선물하다 / CD를 사다 → 친구에게 선물하려고 CD를 샀어요.

① 친구에게 사과하다 / 편지를 쓰다
② 해외여행을 가다 / 여권을 만들다
③ 새 차를 사다 / 돈을 모으다
④ 영어 시험을 잘 보다 / 단어를 많이 외우다
⑤ 점심을 먹다 / 식당에 가다
⑥ 데이트할 때 입다 / 예쁜 옷을 사다
⑦ 김치찌개를 만들다 / 두부와 돼지고기를 사다
⑧ 음악을 듣다 / 라디오를 켜다

生字

소포 包裹
파마(를) 하다 燙頭髮
환전(을) 하다 換錢
주유소 加油站
기름 油
넣다 放進、加
기름(을) 넣다 加油
사과(를) 하다 道歉
여권 護照
만들다
①做、製造 ②辦
돈을 모으다 存錢
단어 單字
외우다 背熟
두부 豆腐

文法III

形、動아야 / 形、動어야 / 形、動해야 } 하다　必須（要）～

此句型接在動詞或形容詞的後方，接動詞時表示「在某種情況下必須要做的事情或義務性的行為」，而接形容詞時則表示「應該要具有的情況」，等於是中文的「必須（要）～、應該～、要～才行」。

動詞아/어/해야 합니다.（正式）→ 動詞아/어/해야 해요.（口語）

動詞＋아：토요일에는 친구 결혼식에 가야 합니다. → ～가야 해요.
星期六我必須要去朋友的結婚典禮。

動詞＋어：이 광고를 찍을 모델은 키가 커야 합니다. → ～커야 해요.
要拍這支廣告的模特兒個子必須要高。

動詞＋해：내일도 야근을 해야 합니다. → ～해야 해요.
我明天也必須要加班。

「ㄷ不規則」的變化：우리 집은 버스 정류장에서 5분 정도 걸어야 해요.
我家要從公車站走五分鐘左右才行。（原型걷다 → 걸어야 하다）

「르不規則」的變化：가수는 노래를 잘 불러야 해요.
（當一個）歌手應該唱歌唱得很好才行。（原型부르다 → 불러야 하다）

此句型最後面的動詞「하다」可以改成「되다」。

【例】내일도 야근해야 합니다. ＝ 내일도 야근해야 됩니다.
내일도 야근해야 해요. ＝ 내일도 야근해야 돼요.

小叮嚀

若此句型前方的動詞是「名詞＋이다」的結構，按照名詞收尾音的情況，要接不同的語尾才行。

【例】無收尾音：이 광고를 찍을 모델은 긴 머리여야 해요.
要拍這支廣告的模特兒必須是長髮。

有收尾音：이 광고를 찍을 모델은 대학생이어야 해요.
要拍這支廣告的模特兒必須是大學生。

文法Ⅲ練習－開口說說看 MP3-49

<STEP1>

오늘은 야근을 하다 → 오늘은 야근을 해야 해요.
→ 오늘은 야근을 해야 돼요.

① 다음 주에 부산으로 출장을 가다
② 저는 이번 역에서 내리다
③ 출국할 때 여권이 꼭 있다
④ 면접 보러 갈 때는 꼭 정장을 입다
⑤ 수영장에서는 수영 모자를 꼭 쓰다
⑥ 영어 수업 시간에는 친구의 영어 이름을 부르다

안 ~ㄹ/을래요?
= ~지 않을래요?
：要不要～？

<STEP2>

아르바이트를 하다 → A) 다영 씨, 내일 시간 있어요? 쇼핑하러 안 갈래요?
B) 미안해요. 내일은 아르바이트를 해야 해요.

① 집안일을 하다
② 친구 병문안을 가다
③ 컴퓨터 수업을 들으러 가다

<STEP3>

내일은 몇 시에 일어나야 해요? / 7시에 （일어나다）
→ A) 내일은 몇 시에 일어나야 해요?
B) 7시에 일어나야 해요.

① 우리 퇴근 후에 한잔할까요? / 미안해요. 오늘은 집에 일찍 （들어가다）
② 이 약은 언제 먹어야 해요? / 하루 세 번 식후에 （먹다）
③ 이 숙제는 언제까지 내야 해요? / 이번 주 금요일까지 （내다）
④ 주말에도 도서관에 가요? / 네, 다음 주에 시험이 있어서 열심히 （공부하다）

내리다 下車	여권 護照	집안일 家事	내다 ①付（錢）
출국(을) 하다 出國	정장 正式的衣服、套裝	병문안 探病	②交（作業）
귀국(을) 하다 回國	부르다 ①唱 ②叫	식후 餐後	

動詞（收X、收「ㄹ」）려면
動詞（收O）으려면

（如果）要～的話

此句型是句型「～려고/으려고 하다（打算～）」和「～면/으면（如果～的話）」的組合，接在動詞後方，表示假設做某事的意圖，等於是中文的「（如果）要～的話」。

沒有收尾音：명동에 가려면 여기에서 버스를 타세요.
要去明洞的話，請在這裡搭公車。

收尾音為「ㄹ」：여권을 만들려면 어떻게 해야 해요？
要辦護照的話，該怎麼做呢？

其他收尾音：할인을 받으려면 회원 카드를 만들어야 해요.
要拿到優惠的話，必須辦會員卡才行。

「ㄷ不規則」的變化：음악을 더 크게 들으려면 이 버튼을 누르세요.
聽音樂要更大聲的話，請按此按鍵。（原型듣다 → 들으려면）

회원 카드：會員卡
버튼：按鍵
누르다：按

此句型也可以和否定動詞的句型「～지 않다」組合，表達不希望發生或想避開的事情。

【例】늦지 않으려면 택시를 타고 가세요. 不要遲到的話，請搭計程車去。

小叮嚀

容易混淆的句型「～면/으면」與「～려면/으려면」的用法，趁著此機會比較一下。

「～면/으면（～的話）」：表示條件或假設一般事情。

【例】한국말을 잘하면 한국 회사에서 일할 수 있어요.
很會講韓文的話，可以在韓商上班。

「～려면/으려면（要～的話）」：假設做某事的意圖或表示想達成的目標。

【例】한국말을 잘하려면 더 열심히 공부해야 돼요.
要很會講韓文的話，必須更認真讀書才行。

文法IV練習－開口說說看 MP3-50

<STEP1>

좋은 대학에 가다 / 열심히 공부하다 → 좋은 대학에 가려면 열심히 공부하세요.

① 건강해지다 / 술과 담배를 끊다
② 공부를 잘하다 / 매일 예습하고 복습하다
③ 살을 빼다 / 적게 먹고 운동하다
④ 명동에 가다 / 저기에서 162번 버스를 타다
⑤ 물건을 더 싸게 사다 / 인터넷에서 구매하다
⑥ 이 수업을 듣다 / 이번 주 안으로 신청하다
⑦ 내일 할 일을 잊어버리지 않다 / 수첩에 적다
⑧ 감기에 걸리지 않다 / 옷을 따뜻하게 입다

時間 + 안으로：
時間內

<STEP2>

그 레스토랑에 가다 / 미리 예약하다 → 그 레스토랑에 가려면 미리 예약해야 해요.

미리：提前、提早

① 한국 회사에서 일하다 / 한국말을 잘하다
② 집을 사다 / 돈을 많이 모으다
③ 운전을 하다 / 운전면허증이 있다
④ 요리사가 되다 / 요리사 자격증을 따다
⑤ 인사동에 가다 / 시청 역에서 3호선으로 갈아타다
⑥ 장학금을 받다 / 열심히 공부하다
⑦ 비자를 받다 / 대사관에 가다
⑧ 약속에 늦지 않다 / 지금 출발하다

生字

살을 빼다 瘦身
구매하다 購買
신청하다 申請、報名
수첩 手冊
적다 紀錄、（抄）寫
감기에 걸리다 得感冒
레스토랑 西餐廳
운전면허증 駕照
자격증 證照
따다 拿到（證照）
인사동 【地名】仁寺洞
3호선 （捷運）第3號線
갈아타다 換車
장학금 獎學金
비자 簽證
대사관 大使館

會話 I MP3-51

（政宇在路上偶然遇到美惠）

이정우： 미혜 씨, 안녕하세요? 오랜만이에요.

진미혜： 어머, 정우 씨, 정말 오래간만이네요. 그동안 잘 지냈어요?

이정우： 네, 덕분에요. 그런데, 미혜 씨, 예전보다 더 예뻐지고 날씬해졌네요.

진미혜： 호호, 그래요? 사실은 살을 빼려고 저녁을 안 먹고 있어요.

이정우： 왜 그렇게 살을 빼려고 해요?

진미혜： 가수가 되고 싶어서요. 가수가 되려고 요즘 매일 학원에 가서 노래하고 춤을 배우고 있어요.

이정우： 춤도 배워야 해요?

진미혜： 네, 댄스곡도 잘 표현하려면 춤을 잘 춰야 해요.

이정우： 가수 되기도 쉽지 않네요. 힘들겠어요.

진미혜： 네, 하지만 소녀시대처럼 유명한 가수가 되려면 열심히 노력해야 돼요.

- 오랜만이다：好久不見
  = 오래간만이다
- A) 그동안 잘 지냈어요?
  ：這段時間過得好嗎？
  B) 네, 잘 지냈어요.
  ：是啊，我過得很好。
  네, 덕분에요.
  ：是啊，託你的福。
- 그렇게：那樣、那麼
- 댄스곡：快歌
- 표현하다：表達、呈現
- 소녀시대：少女時代
  （韓國女生偶像團體）
- 노력(을) 하다：努力

李政宇：美惠小姐，妳好！好久不見！
陳美惠：咦，政宇先生，真的好久不見耶！這段時間過得好嗎？
李政宇：是啊，託妳的福。不過，妳變得比之前更漂亮，身材也更苗條了。
陳美惠：哈哈，是嗎？其實，為了瘦身，我都不吃晚餐。
李政宇：妳為什麼那麼想要瘦身？
陳美惠：因為我想當歌手。為了當歌手，我最近每天去補習班學唱歌和跳舞。
李政宇：舞蹈也要學嗎？
陳美惠：是啊，要呈現好快歌的話，必須很會跳舞才行。
李政宇：要當歌手真不容易耶。妳一定很累。
陳美惠：是啊，不過要成為像「少女時代」一樣有名的歌手，要認真努力才行。

會話II MP3-52

（始源找來在韓國學韓文的日本朋友「友子」聊天）

박시원：토모코 씨, 주말에 영화 보러 안 갈래요?

토모코：저도 영화 보고 싶지만 주말에는 도서관에 가야 해요.

박시원：도서관에요? 왜 주말에도 도서관에 가요?

토모코：다음 달에 한국어능력시험을 봐요. 그래서 요즘 주말마다 시험공부를 하려고 도서관에 가요. 중급 시험은 초급 시험보다 단어와 문법이 많이 어려워지기 때문에 4급에 합격하려면 단어도 많이 외우고 열심히 공부해야 돼요.

박시원：토모코 씨, 언어는 책만 보면서 공부하면 안 돼요. 한국 노래도 자주 듣고 한국 드라마랑 영화도 자주 봐야 한국어 실력이 늘어요. 또 저랑 만나서 한국말로 얘기하면 회화 능력도 더 좋아질 거예요.

토모코：그런가요?

박시원：그럼요. 그러니까 우리 주말에 영화 보러 가요, 네?

- 한국어능력시험：韓檢（→第110頁）
  - 초급（1～2급）：初級（1～2級）
  - 중급（3～4급）：中級（3～4級）
  - 고급（5～6급）：高級（5～6級）
- 문법：文法、語法
- 합격(을) 하다：合格
- 언어：語言

- ～아/어/해야：才
- 실력：實力 / 늘다：增加、進步
- 또：又、再、而且
- 회화 능력：會話能力
- 그런가요?：是那樣嗎？

朴始源：友子小姐，週末要不要去看電影？

友　子：我也想看電影，但週末我必須去圖書館。

朴始源：圖書館？為什麼週末也要去圖書館？

友　子：下個月要考韓語檢定。所以，最近每個週末為了準備考試我都去圖書館。因為中級考試比起初級考試，單字和文法變難很多，要通過四級的話，必須要背很多單字，認真唸書才行。

朴始源：友子小姐，語言不能只有看書學習。常聽韓文歌，常看韓劇及電影，韓文實力才會進步。而且，和我見面用韓文聊天，會話能力也會變得更好。

友　子：是那樣嗎？

朴始源：當然啊。所以我們週末去看電影，好不好？

【 韓語檢定考試 】

▶考試簡介：

「한국어능력시험（Test of Proficiency in Korean；簡稱TOPIK）」是為了讓母語不是韓國語的海外僑胞和外國人而設計的檢定考試，也是外國留學生就讀韓國大學之前必須參加的考試。許多韓國企業在招聘外籍員工時，也會將該成績視為招聘標準。TOPIK從1997年起開始施行，在2014年7月做了大變革之後，目前採用以下的方式施行考試。

▶考試方式：

目前韓國本土一年舉行六次考試，而台灣則從2017年起，一年舉辦兩次（每年的日期會有變動）。考試類別有兩種，TOPIK Ⅰ為初級程度的試題，TOPIK Ⅱ為中級與高級程度的試題。考生報名TOPIK時，可以依照自己的韓語程度決定要參加哪種考試，當然也可以同時報名兩種考試。

考試類別	考試堂次及答題時間		考試內容
TOPIK Ⅰ	1교시（第一堂）	100分鐘	聽力（30題）、閱讀（40題）
TOPIK Ⅱ	1교시（第一堂）	110分鐘	聽力（50題）、寫作（4題）
	2교시（第二堂）	70分鐘	閱讀（50題）

※TOPIK Ⅰ只考一堂，所有的題目皆為選擇題。

※TOPIK Ⅱ除了聽力、閱讀以外，還要考寫作，總共有四個題目，其中兩題為造句填空、兩題為作文、一題為短文（200～300字），最後一題則為長篇作文（600～700字）。

▶等級判定：

根據考試類別（TOPIK Ⅰ或TOPIK Ⅱ）及得到的考試總分來判定等級（一級到六級），各等級的及格分數如下表。

考試類別	TOPIK Ⅰ		TOPIK Ⅱ			
等級	初級		中級		高級	
	1급（一級）	2급（二級）	3급（三級）	4급（四級）	5급（五級）	6급（六級）
及格分數	80分以上	140分以上	120分以上	150分以上	190分以上	230分以上

※成績有效期限：從成績公布日起兩年

▶更多「韓語檢定考試」相關資訊，請參考TOPIK官方網站「www.topik.go.kr」。

聽力測驗 MP3-53

1 請聆聽隨書附贈的MP3，填空看看。

1) 요즘 많이 [ ].

2) 한국어가 [ ].

3) 교통이 [ ].

4) 술과 담배를 끊은 후 건강이 [ ].

5) 날씨가 저번 주보다 많이 [ ].

2 請聆聽隨書附贈的MP3中的問題，選出恰當的回答。

1)

① 지금 은행에 가야 해요.
② 환전하려면 은행에 가세요.
③ 돈을 찾으려고 갔어요.
④ 내일도 은행에 가야 돼요.

2)

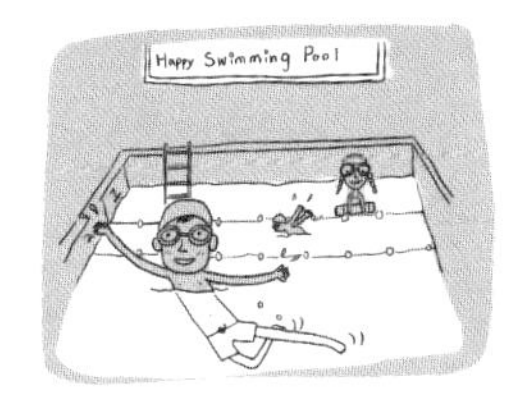

① 수영장에서는 수영 모자를 꼭 써야 돼요.
② 미안해요. 내일은 친구 집들이에 가야 해요.
③ 수영장에 가려면 먼저 수영복을 사세요.
④ 네, 덕분에요.

3 請聆聽隨書附贈的MP3，選出正確的答案。（一個對話，兩個題目）

1) 選出兩個人聊天主要的話題。

① 시험　② 취미　③ 남자 친구　④ 한국어

2) 選出不符合對話內容的句子

① 여자는 한국말을 잘할 줄 모릅니다.
② 여자의 한국어 실력이 예전보다 좋아졌습니다.
③ 여자는 한국에서 일하고 싶어합니다.
④ 여자는 한국어능력시험을 보려고 합니다.

❗ 作業－習作本：第49～54頁

拿針刺一下手指頭就好

每當有人問我住台灣最大的挑戰是什麼時，我都생각할 것도 없이（不加思索地）說是「吃」的問題。因為我習慣多辣少油。記得剛來台學中文時，有一天和학교 친구（同學）一起去用餐，我們在學校附近看到一家「뷔페（吃到飽）99元」的餐廳，覺得很便宜就進去試試看。不過，要拿菜的時候，我們都깜짝 놀라다（嚇了一跳），因為完全沒有생선（魚）或是고기（肉），原來是間채식 식당（素食餐廳），但我們兩個老外看不懂招牌上「素食」的意思……讓我更驚訝的是每道菜都기름지다（很油），好像青菜在기름（油）裡游泳似的，跟喜歡吃涼拌或直接吃生菜的韓國相比，簡直是하늘과 땅 차이（天壤之別）。

那天晚上，因為我吃了느끼한 음식（油膩的菜）而소화불량（消化不良），覺得很不舒服，所以就用了一招韓國人常用的方法，這個方法不用吃약（藥）也能幫助消化。首先，要準備바늘과 실（針線），然後將실（線）綁在엄지손가락（大拇指），用已經消毒好的바늘（針）刺엄지손톱（大拇指手指甲）下方，刺過左右兩邊的엄지손가락後，原本脹脹的肚子，就變得很舒服。有趣的事情是，我남편（先生）本以為我要縫衣服，後來看到我拿바늘刺自己開始大叫：「妳在做什麼？妳有什麼不滿意，我們可以好好地溝通解決，不要傷害自己，好嗎？」他也너무 오버하다（太OVER了）吧！我只是想刺一下손톱下面那塊肉，讓消化不良而變黑色的피（血）流出來而已。這是韓國人常用且效果非常好的민간요법（民間療法）。我很難把作法寫出來，有興趣的人，不妨可以在소화불량時，拿바늘過來，我示範給你看！很有效喔！

另外，相信不少人看過韓劇《궁（宮：野蠻王妃）》。戲裡有一幕，여자 주인공（女主角）躲在옷장（衣櫃）裡等남자 주인공（男主角）進욕실（浴室）去洗澡，後來躲太久，手腳開始저리다（發麻），她就把침（口水）擦在콧등（鼻樑）。不只這部戲，在其他韓劇裡，也常看得到這種민간요법，後來當學生問我：「老師，손발이 저릴 때（手腳發麻時），這樣做真的有效嗎？」我就回答：「這招一點用都沒有，不要學。」在韓國，當有人손발이 저릴 때，大家都會叫他趕快把침擦在콧등，是沒有錯，不過這只是心理作用而已。下次當你손발이 저릴 때，請不要浪費時間用你的침擦콧등，與其那樣，還不如마사지하다（按摩）一下那邊的肌肉比較快！

第八課

요즘 한국어를 배우는데 아주 재미있어요.

（最近學韓語，覺得很有趣。）

☯重點提示☯

1. ～것 같다　好像～、似乎～

2. 名詞 인데요.
   形容詞 ㄴ/는/은데요.
   動詞 는데요.

3. 【連接詞尾】
   名詞 인데～
   形容詞 ㄴ/는/은데～
   動詞 는데～

4. 動詞 기로 하다　①決定（要）～
   ②說好、約好（要）～

文法 I

～것 같다　　好像～、似乎～

「같다」本身是有「一樣、相同、像」意思的形容詞。當在它前方加上文字，製做成下方表格裡的句型時，就變成表示「推測或婉轉語氣的意見」，等於是中文的「好像～、像似～、似乎～」。因為此句型裡的「것」是名詞，所以前方文字的內容都必須要採用修飾名詞的模式接上去才行。

	過去	現在	未來
名詞	（收X）～였던 것 같다 （收O）～이었던 것 같다	～같다 或 ～인 것 같다	～일 것 같다
形容詞	～았던 것 같다 ～었던 것 같다 ～했던 것 같다	（收X）　～ㄴ 것 같다 （收「ㅅ」）～는 것 같다 （其他收）　～은 것 같다	（收X）～ㄹ 것 같다 （收O）～을 것 같다
動詞	（收X）～ㄴ 것 같다 （收O）～은 것 같다	～는 것 같다	（收X）～ㄹ 것 같다 （收O）～을 것 같다

「ㅂ不規則」的變化：

맵다（辣）→ 매웠던 것 같아요. → 매운 것 같아요. → 매울 것 같아요.

「ㄹ不規則」的變化：

動살다（住）→ 산 것 같아요. → 사는 것 같아요. → 살 것 같아요.

形멀다（遠）→ 멀었던 거 같아요. → 먼 것 같아요. → 멀 것 같아요.

【例】저 사람 외국 사람 같아요. 那個人好像外國人。

저 사람 외국 사람인 것 같아요. 那個人好像是外國人。

이 옷이 더 예쁜 것 같아요. 這件衣服好像比較漂亮。

이 집 음식이 더 맛있는 것 같아요. 這家的料理好像比較好吃。

이 치마는 너무 짧은 것 같아요. 這件裙子好像太短了一點。

오늘 극장에 사람이 많을 것 같아요. （我想）今天電影院人會很多。

어젯밤에 비가 온 것 같아요. （看到外面地都是濕濕的）昨天晚上好像有下雨。

지금 비가 오는 것 같아요. （聽到類似下雨的聲音）現在好像有下雨。

곧 비가 올 것 같아요. （看到陰天烏雲很多）好像快要下雨了。

※韓國人講話時，常常將此句型「～것 같아요」改成「～거 같아요」造句。

【例】이 옷이 더 예쁜 것 같아요. = 이 옷이 더 예쁜 거 같아요

文法 | 練習－開口說說看 MP3-54

<STEP1>

한국 사람 → 저 사람 한국 사람 같아요. → 저 사람 한국 사람인 것 같아요.

① 미혜 씨 남자 친구　② 연예인　③ 부자　④ 고향이 부산

부자：有錢人

<STEP2>

이 구두가 더 예쁘다 → 이 구두가 더 예쁜 것 같아요.

～을/를 닮다：長得像～

① 다영 씨는 요즘 많이 바쁘다　② 국이 좀 짜다
③ 이 옷은 좀 작다　④ 수지 씨는 엄마를 많이 닮다
⑤ 명아 씨는 남자 친구가 있다　⑥ 현빈 씨는 지금 집에 없다
⑦ 프랑스어는 배우기 어렵다　⑧ 미혜 씨는 집이 멀다

<STEP3>

명아 씨는 영어를 잘하다 → 명아 씨는 영어를 잘하는 것 같아요.

① 정우 씨는 술을 자주 마시다　② 저 두 사람 사귀다
③ 이 모자가 더 잘 어울리다　④ 토모코 씨는 한국 노래를 좋아하다
⑤ 다영 씨는 요리하는 걸 좋아하다　⑥ 시원 씨는 회사 근처에 살다

<STEP4>

컴퓨터가 고장나다 → 컴퓨터가 고장난 것 같아요.

① 다영 씨는 이미 퇴근하다　② 명아 씨는 시험을 잘 보다
③ 동생은 어제 여자 친구랑 싸우다　④ 비행기가 아직 도착하지 않다

<STEP5>

이 영화 재미있다 → 이 영화 재미있을 것 같아요.

① 5시쯤 인천공항에 도착하다
② 내일 놀이공원에 갈 수 있다
③ 이 책은 저한테 어렵다
④ 마이클 씨는 매운 음식을 좋아하지 않다

文法II

名詞 인데요.

形容詞 ㄴ/는/은데요.

動詞 는데요.

此句型是韓國人在生活口語上使用率非常高，但卻無法用一個固定的中文翻譯來解釋的句型。此句型的關鍵為它字面上看不出來的語氣和含意，但講究它特殊的語氣之前，讓我們先了解一下公式吧。

名詞

A：직업이 뭐예요？（你的）職業是什麼？

B：（沒有收尾音）요리사인데요. 是廚師。（요리사＋인데요）

（有收尾音） 공무원인데요. 是公務員。（공무원＋인데요）

※講話時，無收尾音的名詞後方常常將「～ㄴ데요.」代替此句型造句。

不過，書寫時，還是鼓勵用原本的句型。

【例】요리사인데요. = 요리산데요.

形容詞

A：이 음식 맛이 어때요？ 這道菜味道如何？

B：（沒有收尾音）좀 짠데요. 有點鹹。（原型짜다＋ㄴ데요）

（收尾音為「ㄹ」） 좀 단데요. 有點甜。（原型달다＋ㄴ데요）

（收尾音為「ㅅ」） 맛있는데요. 好吃。（原型맛있다＋는데요）

（其他收尾音） 좀 짠 것 같은데요. 好像有點鹹。（原型같다＋은데요）

「ㅂ不規則」的變化：좀 매운데요. 有點辣。（原型맵다 → 매운데요）

「ㅎ不規則」的變化：그런데요. 是（那樣）沒錯。（原型그렇다 → 그런데요）

動詞

A：지금 뭐 해요？ 你現在做什麼？

B：（沒有收尾音）텔레비전 보는데요. 看電視。（原型보다＋는데요）

（有收尾音）밥 먹는데요. 吃飯。（原型먹다＋는데요）

「ㄹ不規則」的變化：저녁 만드는데요. 做晚餐。（原型만들다 → 만드는데요）

※ 將左頁的公式，加上時態為過去、未來時的公式整理出來，如下：

	名詞	形容詞	動詞
現在	**～인데요.**	**～ㄴ/는/은데요.**	**～는데요.**
過去	～였/이었는데요.	**～았/었/했는데요.**	**～았/었/했는데요.**
未來	～일 건데요.	～ㄹ/을 건데요.	～ㄹ/을 건데요.

【例】A：아까 편의점에 가서 뭐 샀어요？ 你剛才去便利商店買了什麼？

B：컵라면을 샀는데요. 我買了杯麵。（原型사다 → 샀는데요）

【例】A：이따가 편의점에 가서 뭐 살 거예요？ 你等一下去便利商店要買什麼？

B：컵라면을 살 건데요. 我要買杯麵。（原型사다 → 살 건데요）

如前面這些例子的中文翻譯，其實從中文翻譯上看不出來此句型和其他句型的差別在哪裡。

【例】컵라면을 샀어요. 我買了杯麵。

컵라면을 샀는데요. 我買了杯麵。（……）

但在韓文中，第二個例句除了表示「買杯麵」此資訊以外，還表達很特殊的語氣與心裡OS。**「～(으)ㄴ데요. / 는데요.」此句型的語氣可分成三種。**

1) 回答對方時使用，帶點疑問與等待對方主動解釋的語氣。
（電話上特別常用）

【例】A：여보세요, 이정우 씨 있어요？ 喂。李政宇先生在嗎？

B：전데요. 我就是。（心裡OS：請問哪位？）

※這時候因為說話者心裡有些疑問，所以即使此句型本身是肯定句，但語調要往上揚才行。

2) 解釋自己的狀況，並且表示期待對方主導接下來的對話或徵求對方的意見。
（買東西、預約時和店員、工作人員特別常用）

【例】A：어서 오세요. 歡迎光臨。

B：핸드폰을 사려고 하는데요. / 핸드폰을 사고 싶은데요.
我要買手機。（心裡OS：請介紹一下手機款式、價錢等）

※這時候此句型常和「～려고 하다：打算、要～」或「～고 싶다：想～」結合。

3) 表示不認同對方的意見或糾正對方錯誤的資訊。

【例】A：지금 밖에 비 오지요？ 現在外面有下雨吧？

B：아니요, 안 오는데요. 不，沒有下雨。

（心裡OS：你問這個要做什麼呢？要出去嗎？）

文法II練習－開口說說看 MP3-55

<STEP1>

고향이 어디예요? / 서울이다 → A) 고향이 어디예요?
B) 서울인데요.

① 생일이 언제예요? / 1월 14일이다
② 혈액형이 뭐예요? / A형이다
③ 어느 분이 김다영 씨예요? / 제가 김다영이다
④ 언니나 여동생 있어요? / 아니요, 외동딸이다

<STEP2>

이 사람은 누구예요? / 우리 오빠이다 → A) 이 사람은 누구예요?
B) 우리 오빤데요.

① 직업이 뭐예요? / 간호사이다
② 지금 몇 시예요? / 2시이다
③ 무슨 띠예요? / 돼지띠이다
④ 이 가방 누구 거예요? / 제 거다

<STEP3>

지금 바빠요? / 네, 좀 바쁘다 → A) 지금 바빠요?
B) 네, 좀 바쁜데요.

① 남자 친구 있어요? / 아니요, 없다
② 동생도 키가 커요? / 아니요, 작다
③ 오늘 미혜 씨 기분이 어떤 것 같아요? / 좋은 것 같다
④ 집이 학교에서 가까워요? 멀어요? / 가깝다

～어떤 것 같아요?
：你覺得～怎麼樣？

<STEP4>

以下是電話上常講到的對話 → 請直接跟著下面的例子唸唸看。

① A) 여보세요, 거기 여행사지요?
B) 네, 그런데요.

② A) 여보세요, 거기 중국집이지요?
B) 아닌데요.

③ A) 여보세요, 김 부장님 계세요?
B) 지금 안 계시는데요.

④ A) 여보세요, 최수지 씨 있어요?
B) 네, 전데요.

전데요.：我就是。

계시다：있다的高級敬語（→第136頁）

文法II練習－開口說說看 MP3-56

<STEP5>

지금 뭐 해요? / 저녁 먹다 → A) <u>지금 뭐 해요?</u>
B) <u>저녁 먹는데요</u>.

① 오늘 몇 시에 퇴근해요? / 6시에 퇴근하다
② 지금 밖에 비 와요? / 아니요, 안 오다
③ 미혜 씨, 정우 씨 생일이 언제예요? / 글쎄요. 잘 모르겠다
④ 몇 층에 살아요? / 5층에 살다

<STEP6>

어제 뭐 했어요? / 친구랑 영화 보다 → A) <u>어제 뭐 했어요?</u>
B) <u>친구랑 영화 봤는데요</u>.

① 점심에 뭐 먹었어요? / 김치찌개 먹다
② 아까 약국에서 뭐 샀어요? / 감기약 사다
③ 거기까지 뭐 타고 갔어요? / 지하철 타고 가다
④ 경복궁 가 봤어요? / 네, 가 보다

<STEP7>

내일 뭐 할 거예요? / 친구 만나다 → A) <u>내일 뭐 할 거예요?</u>
B) <u>친구 만날 건데요</u>.

① 주말에 뭐 할 거예요? / 콘서트 보러 가다
② 오늘도 아르바이트 하러 갈 거예요? / 아니요, 오늘은 집에서 쉬다
③ 졸업 후에 뭐 할 거예요? / 취직하다
④ 점심에 뭐 먹을 거예요? / 된장찌개 먹다

<STEP8>

請直接跟著下面的例子唸唸看。

① BB크림을 사려고 하는데요. —— BB크림：BB霜
② 비행기표를 예약하려고 하는데요.
③ 남자 친구에게 선물을 하고 싶은데요.
④ 강현빈 씨 전화번호를 좀 알고 싶은데요.

文法III

【連接詞尾】 **名詞** 인데～

形容詞 ㄴ/는/은데～

動詞 는데～

這是從連接詞「그런데」衍生出來的連接詞尾。其實，本課「文法II」的句型和此連接詞尾的來源是一樣的。從「文法II」的句型「～(으)ㄴ데요. / 는데요.」最後一個字「요」去掉就變成此連接詞尾的樣子。只是「文法II」的句型是擺在句尾，而這次則要擺在句中當連接詞尾。而這也是韓國人在生活口語上使用率非常高，但卻無法用一個固定的中文翻譯來解釋的說法。

連接詞尾「～(으)ㄴ데 / 는데」雖然是從「그런데」衍生出來的，但用法上和它有些不同。趁機先複習一下連接詞「그런데」的用法，再研究此連接詞尾的用法吧。

連接詞「그런데」的用法

원래：本來

1) 可是，但是

【例】원래 오늘 등산을 가려고 했어요. 그런데 비가 와서 못 갔어요.

本來打算今天去爬山。可是因為下雨，所以沒能去。

2) （換話題時）等於英文的「by the way」

【例】그런데 아까 슈퍼에서 뭐 샀어요?

（前面聊別的事情，突然換話題）對了，你剛才在超市買了什麼？

※講話時，比起「그런데」，更常用它的簡稱「근데」造句。

不過，書寫時，還是鼓勵用「그런데」。

【例】그런데 아까 슈퍼에서 뭐 샀어요? ＝ 근데 아까 슈퍼에서 뭐 샀어요?

連接詞尾「～(으)ㄴ데 / 는데」的公式

	名詞	形容詞	動詞
現在	**～인데**	**～ㄴ/는/은데**	**～는데**
過去	～였/이었는데	**～았/었/했는데**	**～았/었/했는데**
未來	～일 건데	～ㄹ/을 건데	～ㄹ/을 건데

連接詞尾「～(으)ㄴ데 / 는데」的用法

1) 為了幫助對方理解後面要講的內容重點，先解釋情況、背景，補充資訊。

【例】저는 누나가 하나 있는데 지금 일본에서 공부하고 있어요.
我有一個姊姊，她現在在日本唸書。
얼마 전 그 영화를 봤는데 아주 재미있었어요.
不久前看了那部電影，我覺得很好看。

2) 為了要約對方或建議對方做某件事，怕對方不接受，用比較迂迴的方式開口。

【例】내일 토요일인데 영화 보러 안 갈래요? 明天是星期六，要不要去看電影呢？
늦을 것 같은데 택시 타고 가요.（好像）要遲到了，我們搭計程車去吧。

※此連接詞尾表示原因時，可以用「～니까/으니까」替換。但使用「～니까/으니까」來表示原因，要說服對方的語氣會變得十分強烈，因此要約人時還是用此連接詞尾造句比較好。

【例】늦을 것 같은데 택시 타고 가요. = 늦을 것 같으니까 택시 타고 가요.

3) 表示句子前後文的內容對立、相反、矛盾不配合，等於是中文的「可是、但是」。

【例】형은 키가 큰데 동생은 작아요.
哥哥個子高，但弟弟個子矮。
저는 영어는 잘하는데 수학은 못해요.
我英文很好，但數學很差。
마이클 씨는 미국 사람인데 한국말을 아주 잘해요.
麥克是美國人，但韓文講得非常好。
여행을 가고 싶은데 돈이 없어요.
我想去旅遊，但沒有錢。

수학：數學

※此連接詞尾表示「可是、但是」時，可以用另一個連接詞尾「～지만」替換。

【例】여행을 가고 싶은데 돈이 없어요. = 여행을 가고 싶지만 돈이 없어요.

1. 接此連接詞尾時要注意的「不規則」的變化，和「文法II」一樣，請參考第116頁。
2. 若此連接詞尾前後文的事情是同時發生的，前面的動詞就要用現在時態表達才行。

【例】극장에 가는데 친구를 만났어요. 去電影院的路上遇到了朋友。
극장에 갔는데 친구를 만났어요. 去電影院，（在那裡）遇到了朋友。

文法Ⅲ練習－開口說說看 MP3-57

<STEP1>

이 사람은 우리 （오빠이다） + 은행원이에요.

→ 이 사람은 우리 오빠인데 은행원이에요.

① 이 아이는 제 （조카이다） + 지금 초등학교 1학년이에요.
② 이거 명동에서 산 （신발이다） + 예쁘지요？
③ 요즘 한국어를 （배우다） + 아주 재미있어요.
④ 밥을 （먹다） + 친구한테서 전화가 왔어요.
⑤ 머리가 좀 （아프다） + 다영 씨 두통약 있어요？
⑥ 이 옷은 좀 작을 것 （같다） + 더 큰 사이즈 없어요？
⑦ 지난주 토요일에 슈퍼주니어 콘서트를 （봤다） + 아주 재미있었어요.
⑧ 어제 슈퍼에 （갔다） + 사과 한 개에 1,500원이었어요.
⑨ 저도 그 화장품 （사용해 봤다） + 너무 좋아요.
⑩ 여름방학 때 한국으로 여행 （갈 거다） + 아주 기대돼요.

<STEP2>

오늘 제 （생일이다） + 같이 식사할래요？

→ 오늘 제 생일인데 같이 식사할래요？

① 저도 지금 도서관에 가는 （길이다） + 같이 가요.
② 지금 안에서 수업 （중이다） + 좀 조용히 해주세요.
③ 날씨도 （좋다） + 우리 산책하러 나갈까요？
④ 저한테 영화표가 두 장 （있다） + 영화 보러 안 갈래요？
⑤ 밖에 비가 많이 （오다） + 창문 좀 닫아 줄래요？
⑥ 몸이 안 좋아 （보이다） + 오늘은 일찍 퇴근하세요.
⑦ 차가 많이 막히는 것 （같다） + 지하철 타고 가요.
⑧ 여기에서 （가깝다） + 그냥 걸어가요.
⑨ 제가 직접 과자를 （만들어 봤다） + 한번 먹어 볼래요？
⑩ 내일 롯데월드에 （갈 거다） + 같이 갈래요？

生字

조카 姪子	사이즈 尺寸	산책하다 散步	차가 막히다 塞車
두통약 頭痛藥	기대되다 期待	직접 親自	= 길이 막히다

文法 III 練習－開口說說看 MP3-58

<STEP3>

지금 한국은 (겨울이다) + 호주는 여름이에요.
→ 지금 한국은 겨울인데 호주는 여름이에요.

① 이건 하나에 (2,000원이다) + 저건 하나에 5,000원이에요.
② 언니는 (날씬하다) + 동생은 뚱뚱해요.
③ 목은 (아프다) + 기침은 안 해요.
④ 형은 공부를 (잘하다) + 동생은 공부를 못해요.
⑤ 저는 공포 영화를 (좋아하다) + 여자 친구는 공포 영화를 싫어해요.
⑥ 저는 야채를 (좋아하다) + 남자 친구는 고기를 좋아해요.
⑦ 지금 서울은 비가 (오다) + 부산은 날씨가 좋아요.
⑧ 한국어 말하기는 (쉽다) + 쓰기는 어려워요.
⑨ 아까는 사람이 (많았다) + 지금은 별로 없어요.
⑩ 조금 전까지는 기분이 (나빴다) + 지금은 좋아졌어요.

별로 없다：沒有多少

<STEP4>

(일요일이다) + 출근을 해요.
→ 일요일인데 출근을 해요.

① (겨울이다) + 그렇게 춥지 않아요.
② (외국 사람이다) + 김치를 만들 줄 알아요.
③ 배가 (고프다) + 집에 먹을 것이 없어요.
④ 제 동생은 키가 (작다) + 농구를 잘해요.
⑤ 매일 (운동하다) + 살이 안 빠져요.
⑥ 별로 안 (춥다) + 코트를 입었어요.
⑦ 어젯밤에 잠을 많이 (잤다) + 졸려요.
⑧ 열심히 (공부했다) + 시험을 못 봤어요.
⑨ 1시간 전에 밥을 (먹었다) + 또 배고파요.
⑩ 한국어를 3년 정도 (배웠다) + 아직도 한국어를 잘 못해요.

목 ①脖子 ②喉嚨	말하기【名詞】說	읽기【名詞】讀	살이 빠지다 變瘦
기침(을) 하다 咳嗽	듣기【名詞】聽	쓰기【名詞】寫	졸리다 睏、想睡

文法IV

動詞기로 하다 ①決定（要）～ ②說好、約好（要）～

此句型接在動詞後方，表示對某件事情的「決心、決定」，或者表達與他人「約定、說好的事情」。注意！此句型根據用法，句型的時態處理方式不同。

1) 動詞기로 하다 → 動詞기로 했어요.（口語）/ 動詞기로 했습니다.（正式）

要將自己「決心、決定」的事情告訴別人時，會採用此句型的過去式表達，等於是中文的「決定（要）～」。而句尾的「하다」可以用動詞「결심하다 決心」代替。

【例】아침마다 운동하기로 했어요. = 아침마다 운동하기로 결심했어요.
我決定每天早上要運動。

此句型於此用法，可以與表示「打算、計畫」的句型「～려고/으려고 하다」互換使用，只是用在「～기로 하다」時，下定決心的語氣較強。

【例】아침마다 운동하기로 했어요. ≒ 아침마다 운동하려고 해요.

至於否定句，用「안 ～기로 하다」或「～지 않기로 하다」表達。

【例】앞으로 술을 안 마시기로 했어요. = 앞으로 술을 마시지 않기로 했어요.
我決定以後不要喝酒。

2) 動詞기로 하다 → （우리）動詞기로 해요.（口語）/ 動詞기로 합시다.（正式）

要勸對方和自己一起做某件事情時，會採用此句型的現在式表達，等於是中文的「（我們）說好、約好要～」。而句尾的「하다」可以用動詞「약속하다 約」代替。

【例】우리 아침마다 운동하기로 해요. = 우리 아침마다 운동하기로 약속해요.
我們說好每天早上要運動。

至於否定句，用「～지 말기로 하다」表達。

【例】우리 앞으로 술을 마시지 말기로 해요. 我們說好以後不要喝酒。

3) 動詞기로 하다 → 動詞기로 했어요.（口語）/ 動詞기로 했습니다.（正式）

要告訴對方自己和別人約好的事情時，會採用此句型的過去式表達，等於是中文的「和～說好、約好要～」。而句尾的「하다」可以用動詞「약속하다 約」代替。

【例】내일 친구랑 만나기로 했어요. = 내일 친구랑 만나기로 약속했어요.
我和朋友約好明天要見面。

至於否定句，用「안 ～기로 하다」或「～지 않기로 하다」表達。

【例】我和老婆說好以後不要抽菸。（→ 我答應老婆以後不要抽菸。）
앞으로 담배를 안 피우기로 아내하고 약속했어요.
= 앞으로 담배를 피우지 않기로 아내하고 약속했어요.

文法IV練習－開口說說看 MP3-59

<STEP1>

오늘부터 다이어트를 하다 → 오늘부터 다이어트를 하기로 했어요.
→ 오늘부터 다이어트를 하기로 결심했어요.

① 앞으로 열심히 공부하다
② 금요일마다 한국어를 배우다
③ 고등학교 졸업 후 미국으로 유학 가다
④ 건강을 위해서 담배를 피우지 않다 —— ～을/를 위해서：為了～

<STEP2>

우리 내년에도 한국으로 여행 가다
→ 우리 내년에도 한국으로 여행 가기로 해요.
→ 우리 내년에도 한국으로 여행 가기로 약속해요.

① 다음 주부터 같이 요가 학원에 다니다
② 내일부터 일찍 자고 일찍 일어나다
③ 올해에는 꼭 한국어능력시험 2급에 합격하다
④ 우리 앞으로 싸우지 말다

<STEP3>

학교 선배하고 내일 영화 보다 → 학교 선배하고 내일 영화 보기로 했어요.
→ 학교 선배하고 내일 영화 보기로 약속했어요.

① 여자 친구하고 내년 봄에 결혼하다
② 주말에 회사 동료들이랑 제주도로 놀러 가다
③ 토요일에 현빈 씨랑 어디에서 만나다（→ 疑問句）
④ 남자 친구와 당분간 만나지 않다

【和、跟、與～】

正式 ～와/과
～하고
口語 ～랑/이랑

<STEP4>

請直接跟著下面的例子唸唸看。

① 수지 씨랑 주말에 영화 보기로 했는데 시원 씨도 같이 갈래요?
② 내일 친구와 등산을 가기로 했는데 비가 올 것 같아요.

會話 I MP3-60

（平常一起吃午餐的兩位同事在聊天）

강현빈 : 곧 점심시간인데 우리 뭐 먹을까요?

최수지 : 맞은편 은행 위층에 중국집이 새로 생겼는데 우리 그 집 자장면 한번 시켜 먹어 봐요.

강현빈 : 좋아요. 근데 자장면만 먹으면 좀 느끼할 것 같아요. 우리 짬뽕도 같이 시켜요.

최수지 : 알았어요. 제가 지금 전화해서 자장면 하나 짬뽕 하나 시킬게요.

（過一會兒，中華料理送過來，兩位邊吃邊聊）

강현빈 : 짬뽕 맛 어때요?

최수지 : 어우, 이 집 짬뽕은 너무 매운 것 같아요. 원래 매운 음식 좋아하는데 이건 너무 매워서 못 먹겠어요. 현빈 씨 자장면은 어때요? 맛있어요?

강현빈 : 자장면도 별로예요. 좀 짠 것 같아요.

최수지 : 그래요? 그럼 우리 앞으로 이 집 음식은 시키지 말기로 해요.

- 곧 : 【副詞】馬上、快要
- 맞은편 : 對面
- 위층 : 樓上 / 아래층 : 樓下
- 새로+動詞 : 新～
  새로 생기다 : 新有的、新開幕
- 「자장면, 짬뽕」簡介→第130頁
- 시키다（點菜、叫外送）+먹다（吃）
  → 시켜 먹다 : 叫外送來吃
- 느끼하다 : （味道）油膩
- 별로예요. : 不怎麼樣。

姜玄彬：快要午休了，我們要吃什麼呢？

崔秀智：對面銀行樓上有一家中國餐廳新開幕，我們叫那家的炸醬麵來吃吧。

姜玄彬：好啊。不過，只吃炸醬麵，好像會有點油膩。也一起叫炒碼麵吧。

崔秀智：我知道了。我現在打電話去叫一碗炸醬麵和一碗炒碼麵。

姜玄彬：炒碼麵味道如何？

崔秀智：這家炒碼麵好像太辣了。我本來很喜歡辣的食物，但這碗因為太辣了，沒辦法吃。玄彬先生你的炸醬麵怎麼樣？好吃嗎？

姜玄彬：炸醬麵也不怎麼樣。好像有點鹹。

崔秀智：是嗎？那麼我們以後不要再點這家的東西。

會話II MP3-61

（兩位在餐廳看著菜單聊天）

김다영 : 시원 씨, 뭐 먹을래요?

박시원 : 물냉면 먹을래요. 저번에 와서 한번 먹어 봤는데 너무 맛있었어요. 다영 씨는요?

김다영 : 그럼 저도 물냉면 먹을게요. 요즘 날씨가 너무 더워서 입맛이 없는데 물냉면을 먹으면 시원하고 좋을 것 같네요.

（始源跟服務生點菜）

박시원 : 여기요~ 물냉면 둘 주세요.

（服務生送餐，兩位開始邊吃邊聊）

박시원 : 참, 이번 달 말에 슈퍼주니어 콘서트 있는 거 알아요? 수지 씨랑 보러 가기로 했는데 다영 씨도 같이 갈래요?

김다영 : 저도 그 콘서트 보러 가고 싶은데 그때는 시간이 안 될 것 같아요.
다음 주에 중국으로 출장을 가는데 3주쯤 후에 돌아와요.

박시원 : 그래요? 아쉽네요. 그럼 이번에는 할 수 없고 우리 다음에는 꼭 같이 공연 보러 가기로 해요.

❗ 냉면 : 冷麵、涼麵
「물냉면, 비빔냉면」簡介→第130頁

❗ 입맛 : 【名詞】胃口、口味
입맛이 없다 : 沒胃口
입맛이 변하다 : 口味變了

❗ 시간이 안 되다 : 時間不行、時間不方便

❗ 아쉽다 : 【形容詞】可惜、捨不得
(너무) 아쉬워요. / 아쉽네요.
①好可惜喔。 ②好捨不得喔。

金多瑛：始源先生你要吃什麼？
朴始源：我要吃水冷麵，上次來吃過一次很好吃。多瑛小姐妳呢？
金多瑛：那我也要吃水冷麵。最近因為天氣太熱了沒胃口，吃水冷麵的話好像會很涼快，應該不錯。
朴始源：這裡……我們要兩碗水冷麵。
朴始源：對了，妳知道這個月底有Super Junior的演唱會嗎？我和秀智小姐說好要去看，多瑛小姐妳也要一起去嗎？
金多瑛：我也想去看那場演唱會，但恐怕那時候不行。下週要去中國出差，大概三週後才會回來。
朴始源：是嗎？ 好可惜喔。那麼這次就沒辦法，那我們說好下次一定要一起去看喔。

學習加油站

【 在餐廳 】

A：우리 뭐 먹을까요？ / 우리 뭐 마실까요？ 我們要吃什麼呢？/ 我們要喝什麼呢？

B：김치찌개 먹어요. / 커피 마셔요. 吃韓國泡菜鍋（辛奇鍋）吧。/ 喝咖啡吧。

A：다영 씨, 뭐 먹을래요？ / 뭐 마실래요？ 多瑛小姐，妳要吃什麼？/ 妳要喝什麼？

B：김치찌개 먹을래요. / 커피 마실래요. 我要吃韓國泡菜鍋（辛奇鍋）。/ 我要喝咖啡。

▶點菜

여기요～ 김치찌개 하나 주세요. 我要一個韓國泡菜鍋（辛奇鍋）。

여기요～ 닭갈비 일 인분 주세요. 我要辣炒雞排一人份。

여기요～ 김치찌개 하나 돌솥비빔밥 하나 주세요.

我要一個韓國泡菜鍋（辛奇鍋）和一個石鍋拌飯。

▶服務生送錯菜時

저기요, 제가 시킨 건 김치찌개인데요. 我點的是韓國泡菜鍋（辛奇鍋）。

저기요, 제가 시킨 건 김치찌개가 아니라 된장찌개인데요.

我點的不是韓國泡菜鍋（辛奇鍋），而是味噌鍋。

김치찌개	된장찌개	순두부찌개	부대찌개	삼계탕	갈비탕	설렁탕
韓國泡菜鍋（辛奇鍋）	味噌鍋	辣豆腐海鮮湯	部隊鍋	人參雞湯	排骨湯	雪濃湯

감자탕	해물탕	돌솥비빔밥	김치볶음밥	불고기덮밥	오징어덮밥
馬鈴薯豬骨湯	辣海鮮湯	石鍋拌飯	韓國泡菜炒飯（辛奇炒飯）	牛肉燴飯	魷魚燴飯

돈가스	카레라이스	오므라이스	죽	칼국수	수제비	해물파전	김치전
日式炸豬排	咖哩飯	蛋包飯	粥	刀削麵	麵疙瘩	海鮮煎餅	韓國泡菜煎餅（辛奇煎餅）

자장면	짬뽕	탕수육	볶음밥	물만두	찐만두	군만두	냉면
炸醬麵	炒碼麵	糖醋肉	炒飯	水餃	蒸餃	煎餃	冷麵

라면	우동	떡볶이	라볶이	오뎅	순대	닭꼬치	튀김	김밥
泡麵、拉麵	烏龍麵	辣炒年糕	泡麵辣炒年糕	黑輪	血腸、糯米腸	雞肉串	炸物	韓式壽司

소갈비	돼지갈비	닭갈비	삼겹살	불고기	치킨	피자	햄버거
碳烤牛小排	碳烤排骨	辣炒雞排	五花肉	烤牛肉片、銅板烤肉	炸雞	披薩	漢堡

후렌치후라이	스파게티	샐러드	샌드위치	케이크	와플	아이스크림
薯條	義大利麵	沙拉	三明治	蛋糕	鬆餅	冰淇淋

커피	모카커피	라떼	카푸치노	콜라	사이다	녹차	홍차	밀크티
咖啡	摩卡咖啡	拿鐵	卡布奇諾	可樂	汽水	綠茶	紅茶	奶茶

聽力測驗 MP3-62

1 請聆聽隨書附贈的MP3，填空看看。

1) 저 사람은 [　　　] 것 같아요.

2) 저 모자가 더 [　　　] 것 같아요.

3) 이 구두는 좀 [　　　] 것 같아요.

4) 이 아이스크림이 더 [　　　] 것 같아요.

5) 핸드폰이 [　　　] 것 같아요.

6) 현빈 씨는 운동을 [　　　] 것 같아요.

7) 내일 눈이 [　　　] 것 같아요.

2 請聆聽隨書附贈的MP3中的問題，選出恰當的回答。

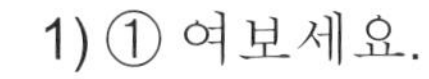

1) ① 여보세요.　② 아닌데요.
　③ 저는 박시원입니다.　④ 전데요.

2) ① 극장 앞에서 만나기로 했어요.
　② 우리 3시에 만나기로 해요.
　③ 6시에 만나기로 약속했어요.
　④ 내일 또 만나기로 했어요.

3 請聆聽隨書附贈的MP3，選出正確的答案。（一個對話，兩個題目）

1) 選出兩個人聊天主要的話題。
　① 담배　② 데이트　③ 운동　④ 회사

2) 選出不符合對話內容的句子。
　① 남자는 담배를 끊기로 결심했습니다.
　② 남자는 건강을 위해서 운동을 하기 시작했습니다.
　③ 여자는 요즘 배드민턴을 자주 칩니다.
　④ 두 사람은 앞으로 일주일에 세 번 배드민턴을 치기로 약속했습니다.

❗ 作業－習作本：第55～64頁

不能錯過的韓國美食

순두부찌개（辣豆腐海鮮湯）

韓文的「순두부」指像豆花那麼嫩的豆腐。在韓國，通常會拿它來煮辣海鮮湯。所以，不少韓國관광객（遊客）來台灣처음 먹어 보다（第一次吃）豆花的時候會嚇一跳，心裡OS「너무 이상하다（好奇怪）！怎麼會拿순두부來當디저트（甜點），應該加些고춧가루（辣椒粉）、새우（蝦子）和조개（蛤蜊）來煮湯才對。」吸收微辣국물（湯汁）的순두부，滋味真是迷人，可以讓밥 한 그릇（一碗飯）很快就見底。想品嚐한국 가정 요리（韓國家常菜）的朋友，絕不能錯過這道순두부찌개！

냉면（冷麵、涼麵）

韓國人在여름（夏天）或吃完갈비（烤排骨）之後特別愛吃냉면。一般來說，韓國的냉면多半使用메밀（蕎麥）麵條，口感又쫄깃하다（Q）又씹는 맛이 좋다（有嚼勁），和台灣或日本的涼麵口味完全不同。韓式냉면可以分成加辣味醬的비빔냉면（辣拌冷麵）與加入冰涼的蘿蔔水辛奇的湯汁和高湯、完全不辣的물냉면（水冷麵）二種。因為這二種都會加식초（醋）和설탕（糖），所以會帶一點點甜酸味（但絕不會過度），吃起來很涼爽、很過癮。因為면발（麵條）非常쫄깃하다且길다（長），建議吃的時候請服務生用가위（剪刀）把면（麵）剪短一點比較好入口。這道菜非常適合무더운 여름（炎熱的夏天），입맛이 없다（沒胃口）的時候去吃，一定也會讓您回味無窮喔！

자장면（炸醬麵）& 짬뽕（炒碼麵）

只要是韓國人一提到중화요리（中華料理），就會聯想到這二道菜。

韓式자장면跟中式자장면的外觀和味道很不一樣。韓式比中式색깔（顏色）更까맣다（黑），소스（醬）也比較걸쭉하다（濃稠），味道有一點偏甜。通常會跟生的양파（洋蔥）和단무지（黃色的醃蘿蔔：台灣魯肉飯上面放的那種）一起吃。另外一道짬뽕，是加了해물（海鮮）的辣湯麵，口味辣、鮮、而且香，真是美味。因為這二道料理都太好吃了，很多韓國人每次都會갈등하다（猶豫）要點哪樣。後來，有一位중국집（中國餐廳）老闆，利用鴛鴦鍋的原理做成一分為二的碗，終於해결하다（解決）了這個問題。可能有人會覺得「台灣人去韓國玩，何必找중국집用餐呢？」但是，這二道면요리（麵食）已經是改良過的한국식（韓式）중화요리，所以很值得品嚐！

附錄1

☯重點提示☯

1. 높임말、존댓말（高級敬語）

2. 반말（半語）

높임말、존댓말（高級敬語）

韓語的敬語可分成高級敬語和普通級敬語，而這兩種敬語可再分成正式的說法與口語說法。

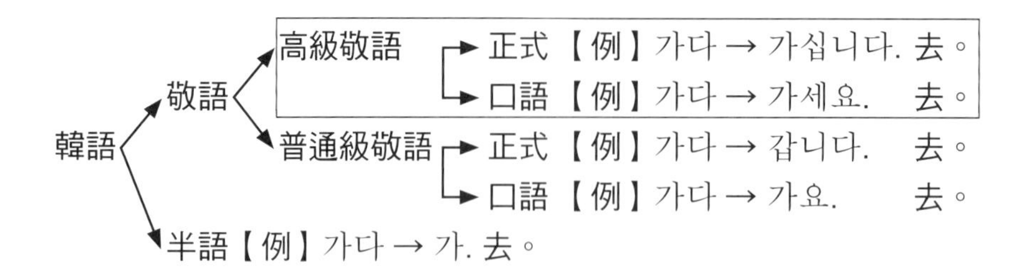

我們到目前所學的句型幾乎都是屬於普通級敬語，而現在要研究的「高級敬語」是用於比說話者年齡大或社會地位高很多的人，目的為表示對對方或提到人物的尊敬。至於「半語」，在第138頁再講解。「高級敬語」的公式，如下：

助詞

普通級敬語	高級敬語
이/가	께서
은/는	께서는
에게/한테	께
에게서/한테서	께

【例】MP3-63

친구가 회사에 가요. → 아버지께서 회사에 가세요.
朋友去公司。 父親去公司。

친구는 회사원이에요. → 아버지께서는 회사원이세요.
朋友是上班族。 父親是上班族。

친구에게 선물을 줬어요. → 아버지께 선물을 드렸어요.
送朋友禮物。 送父親禮物。

친구에게서 선물을 받았어요. → 아버지께 선물을 받았어요.
朋友送我禮物。 父親送我禮物。

名詞

普通級敬語	高級敬語
사람	분
이름	성함
나이	연세
집	댁
생일	생신
말	말씀
밥	진지

【例】MP3-64

이 사람은 누구예요? → 이 분은 누구세요?

這個人是誰？ 這位是誰？

이름이 뭐예요? → 성함이 어떻게 되세요?

你叫什麼名字？ 請問尊姓大名？

나이가 몇 살이에요? → 연세가 어떻게 되세요?

你幾歲？ 您貴庚？

어제 친구 집에 갔어요. → 어제 할아버지 댁에 갔어요.

昨天去朋友家。 昨天去爺爺家。

어제 친구 생일이었어요. → 어제 엄마 생신이었어요.

昨天是朋友的生日。 昨天是媽媽的生日。

먼저 말해요. → 먼저 말씀하세요.

你先說。 請您先說。

친구가 밥을 먹어요. → 할아버지께서 진지를 드세요.

朋友在吃飯。 爺爺在用餐。

名詞 + 이다

句子的情況			普通級敬語	高級敬語
現在	肯定	口語	예요/이에요	세요/이세요
		正式	입니다	이십니다
	否定	口語	아니에요	아니세요
		正式	아닙니다	아니십니다

句子的情況			普通級敬語	高級敬語
過去	肯定	口語	였어요/이었어요	셨어요/이셨어요
		正式	였습니다/이었습니다	셨습니다/이셨습니다
	否定	口語	아니었어요	아니셨어요
		正式	아니었습니다	아니셨습니다
未來、推測	肯定	口語	일 거예요	이실 거예요
		正式	일 겁니다	이실 겁니다
	否定	口語	아닐 거예요	아니실 거예요
		正式	아닐 겁니다	아니실 겁니다

【例】MP3-65

저는 공무원이에요. → 아버지께서는 공무원이세요.

我是公務員。 父親是公務員。

언니는 간호사입니다. → 어머니께서는 간호사이십니다.

姊姊是護士。 母親是護士。

저는 운동선수가 아니에요. → 아버지께서는 운동선수가 아니세요.

我不是運動選手。 父親不是運動選手。

저는 예전에 은행원이었어요. → 아버지께서는 예전에 은행원이셨어요.

我曾經是銀行員。 父親曾經是銀行員。

그 사람은 회사원이 아니었어요. → 그 분은 회사원이 아니셨어요.

那個人不是上班族 那位不是上班族。

一般動詞、形容詞

句子的情況			普通級敬語	高級敬語
現在	肯定	口語	～아요/어요/해요	～세요/으세요
		正式	～ㅂ니다/습니다	～십니다/으십니다
	否定	口語	～지 않아요	～지 않으세요
		正式	～지 않습니다	～지 않으십니다

句子的情況			普通級敬語	高級敬語
過去	肯定	口語	～았어요/었어요/했어요	～셨어요/으셨어요
		正式	～았습니다/ 었습니다/했습니다	～셨습니다/으셨습니다
	否定	口語	～지 않았어요	～지 않으셨어요
		正式	～지 않았습니다	～지 않으셨습니다
未來、推測	肯定	口語	～ㄹ/을 거예요	～실 거예요/으실 거예요
		正式	～ㄹ/을 겁니다	～실 겁니다/으실 겁니다
	否定	口語	～지 않을 거예요	～지 않으실 거예요
		正式	～지 않을 겁니다	～지 않으실 겁니다

「ㅂ不規則」的變化：춥다（冷）→ 추우세요 → 추우셨어요 → 추우실 거예요
「ㄷ不規則」的變化：듣다（聽）→ 들으세요 → 들으셨어요 → 들으실 거예요
「르不規則」的變化：모르다（不知道）→ 모르세요 → 모르셨어요 → 모르실 거예요
「ㄹ不規則」的變化：살다（住）→ 사세요 → 사셨어요 → 사실 거예요
※ 有關「不規則的變化」更多的文法說明 → 請參考第152頁

【例】MP3-66

지금 바빠요? → 지금 바쁘세요?
你現在很忙嗎？ 您現在很忙嗎？

친구가 신문을 읽어요. → 아버지께서 신문을 읽으세요.
朋友在讀報紙。 父親在讀報紙。

친구는 은행에서 일해요. → 아버지께서는 은행에서 일하세요.
朋友在銀行上班。 父親在銀行上班。

친구는 영화를 보지 않아요. → 아버지께서는 영화를 보지 않으세요.
朋友不看電影。 父親不看電影。

친구가 출장을 갔어요. → 아버지께서 출장을 가셨어요.
朋友出差去了。 父親出差去了。

친구는 출장을 가지 않았어요. → 아버지께서는 출장을 가지 않으셨어요.
朋友沒去出差。 父親沒去出差。

【例】

내일 동창회에 갈 거예요? → 내일 동창회에 가실 거예요?

明天你要去同學會嗎？ 明天您要去同學會嗎？

친구는 거기에 가지 않을 거예요. → 아버지께서는 거기에 가지 않으실 거예요.

朋友不會去那裡。 父親不會去那裡。

많이 추워요? → 많이 추우세요?

你很冷嗎？ 您很冷嗎？

그 얘기 들었어요? → 그 얘기 들으셨어요?

你聽到那個消息了嗎？ 您聽到那個消息了嗎？

친구는 운전할 줄 몰라요. → 어머니께서는 운전할 줄 모르세요.

朋友不會開車。 母親不會開車。

어디에 살아요? → 어디에 사세요?

你住哪裡？ 您住哪裡？

例外動詞

普通級敬語	高級敬語
먹다	드시다/잡수시다
마시다	드시다/잡수시다
자다	주무시다
있다	있으시다（有） 계시다（在）
아프다	아프시다/편찮으시다
죽다	돌아가시다

普通級敬語	謙讓語
주다	드리다
보다	뵈다/뵙다
묻다	여쭈다/여쭙다

【例】 MP3-67

친구가 지금 저녁을 먹어요. → 아버지께서 지금 저녁을 드세요./ 잡수세요.

朋友現在在吃晚餐。 父親現在在吃晚餐。

커피 마실래요? → 커피 드실래요?

你要不要喝咖啡？ 您要不要喝咖啡？

잘 자요. 晚安。	→ 안녕히 주무세요. 晚安。
친구는 핸드폰이 있어요. 朋友有手機。	→ 아버지께서는 핸드폰이 있으세요. 父親有手機。
친구는 거실에 있어요. 朋友在客廳。	→ 아버지께서는 거실에 계세요. 父親在客廳。
어디가 아파요? 你哪裡不舒服?	→ 어디가 아프세요? / 편찮으세요? 您哪裡不舒服?
옆집 강아지가 죽었어요. 隔壁小狗死了。	→ 옆집 할아버지께서 돌아가셨어요. 隔壁爺爺過世了。

거실：客廳

친구에게 생일 선물을 줬어요. 送給朋友生日禮物。	→ 아버지께 생신 선물을 드렸어요. 送給父親生日禮物。
제가 같이 가 줄까요? 要不要我陪你一起去?	→ 제가 같이 가 드릴까요? 要不要我陪您一起去?
제가 문 열어 줄게요. 我幫你開門。	→ 제가 문 열어 드릴게요. 我幫您開門。
내일 봐요. 明天見。	→ 내일 뵈어요./ 봬요. 明天見。

반말（半語）

韓國人非常重視禮節與輩分，因此和人講話時，說法也要隨著對方的年紀與地位而不同。說話的對象或是提及的人若是長輩，或是地位比自己高、或是客戶，都要用「敬語」。若是很熟的平輩、晚輩，或是關係很親密的人，才可以講「半語」。例如，韓語的「你好！」有兩個說法：

1) 和隔壁的叔叔、老師、上司等長輩打招呼時，就要說「敬語」：안녕하세요？
2) 和朋友打招呼時，則會說「半語」：안녕？

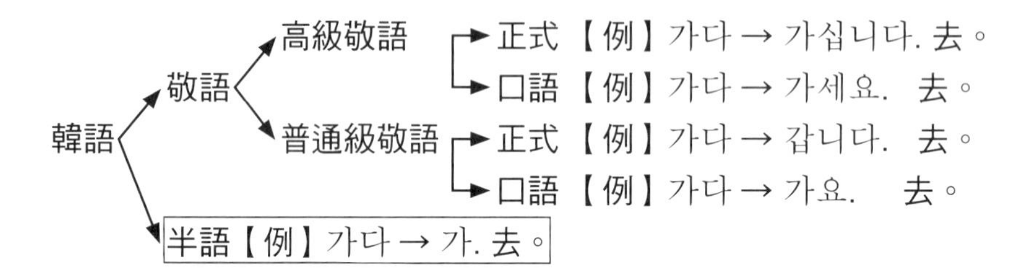

「半語」的公式，如下：

普通級敬語	半語
저	나
저의 / 제	내
你（OO 씨，당신…）	너
你的（OO 씨의…）	네
稱呼人名：名字 씨	名字（收X）야 名字（收O）아
네 / 예	응
아니요	아니

句子的情況	敬語	半語
名詞＋이다	名詞＋예요/이에요	名詞＋야/이야
肯定	過去：～았/었/했어요 現在：～아/어/해요 未來：～ㄹ/을 거예요	過去：～았/었/했어 現在：～아/어/해 未來：～ㄹ/을 거야
疑問	過去：～았/었/했어요 現在：～아/어/해요 未來：～ㄹ/을 거예요	過去：～았/었/했어 ≒～았/었/했니≒～았/었/했냐 現在：～아/어/해 ≒～아/어/하니≒～아/어/하냐 未來：～ㄹ/을 거야 ≒～ㄹ/을 거니≒～ㄹ/을 거냐

句子的情況	敬語	半語
命令、要求	肯定：～세요/으세요 ～아/어/해요 否定：～지 마세요 ～지 말아요	肯定：～아/어/해라 ～아/어/해 否定：～지 마
建議	肯定：(우리) ～아/어/해요 否定：(우리) ～지 말아요	肯定：(우리) ～자 否定：(우리) ～지 말자

【例】 MP3-68

제 이름은 김다영이에요. → 내 이름은 김다영이야.
我的名字叫做金多瑛。 我的名字叫做金多瑛。

취미가 뭐예요? → 취미가 뭐야?
你的興趣是什麼？ 你的興趣是什麼？

저는 매일 아침 운동을 해요. → 나는 매일 아침 운동을 해.
我每天早上運動。 我每天早上運動。

지금 뭐 해요? → 지금 뭐 해? ≒ 지금 뭐 하니? ≒ 지금 뭐 하냐?
你現在在做什麼？ 你現在在做什麼？

어제는 학교에 안 갔어요. → 어제는 학교에 안 갔어.
昨天我沒去學校。 昨天我沒去學校。

이따가 친구를 만날 거예요. → 이따가 친구를 만날 거야.
我等一下要和朋友見面。 我等一下要和朋友見面。

수지 씨, 빨리 오세요. → 수지야, 빨리 와. / 와라.
秀智小姐，快點來啊。 秀智，快點來啊。

내일은 늦지 마세요. → 내일은 늦지 마.
明天請不要遲到。 明天不要遲到。

우리 주말에 영화 보러 가요. → 우리 주말에 영화 보러 가자.
我們周末去看電影吧。 我們周末去看電影吧。

A) 내일도 출근해요? → 내일도 출근해? 明天也要上班嗎？
B) 네, 출근해요. → 응, 출근해. 是，要上班。
아니요, 출근 안 해요. → 아니, 출근 안 해. 不，不上班。

實用日常生活用語 MP3-69

▶你好！

【 高級敬語－口語 】안녕하세요？

【 半語 】안녕？

▶再見！（留著的人要講的話，等於是「請慢走。」）

【 高級敬語－口語 】안녕히 가세요.

【 普通級敬語－口語 】잘 가요.

【 半語 】안녕. / 잘 가.

▶再見！（離開的人要講的話，等於是「請留步。」）

【 高級敬語－口語 】안녕히 계세요.

【 普通級敬語－口語 】잘 있어요.

【 半語 】안녕. / 잘 있어.

▶晚安。（睡前說的「晚安。」）

【 高級敬語－口語 】안녕히 주무세요.

【 普通級敬語－口語 】잘 자요.

【 半語 】잘 자.

▶早安。（睡得好嗎？）

【 高級敬語－口語 】안녕히 주무셨어요？

【 普通級敬語－口語 】잘 잤어요？

【 半語 】잘 잤어？

▶對不起。

【 高級敬語－正式 】죄송합니다.

【 高級敬語－口語 】죄송해요.

【 普通級敬語－正式 】미안합니다.

【 普通級敬語－口語 】미안해요.

【 半語 】미안해.

▶謝謝。

【 高級敬語－正式 】감사합니다.

【 高級敬語－口語 】감사해요.

【 普通級敬語－正式 】고맙습니다.

【 普通級敬語－口語 】고마워요.

【 半語 】고마워.

▶請問尊姓大名？/ 你叫什麼名字？

【 高級敬語－口語 】성함이 어떻게 되세요？

【 普通級敬語－口語 】이름이 어떻게 돼요？/ 이름이 뭐예요？

【 半語 】이름이 뭐야？

▶您貴庚？/ 你幾歲？

【 高級敬語－口語 】연세가 어떻게 되세요？

【 普通級敬語－口語 】나이가 어떻게 돼요？/ 몇 살이에요？

【 半語 】몇 살이야？

▶您（你）的職業是什麼？/ 您（你）在做什麼？

【 高級敬語－口語 】직업이 어떻게 되세요？/ 무슨 일을 하세요？

【 普通級敬語－口語 】직업이 어떻게 돼요？/ 직업이 뭐예요？
무슨 일을 해요？

【 半語 】직업이 뭐야？/ 무슨 일을 해？

▶你住哪裡？/ 你家在哪裡？

【 高級敬語－口語 】어디에 사세요？/ 댁이 어디세요？

【 普通級敬語－口語 】어디에 살아요？/ 집이 어디예요？

【 半語 】어디에 살아？/ 집이 어디야？

▶你喜歡什麼電影？

【 高級敬語－口語 】어떤 영화를 좋아하세요？

【 普通級敬語－口語 】어떤 영화를 좋아해요？

【 半語 】어떤 영화를 좋아해？

▶您用餐了嗎？/ 吃過了沒？

【 高級敬語－口語 】식사하셨어요？/ 진지 드셨어요？

【 普通級敬語－口語 】식사했어요？/ 밥 먹었어요？

【 半語 】식사했어？/ 밥 먹었어？

▶生日快樂！

【 高級敬語－口語 】생신 축하드려요.

【 普通級敬語－口語 】생일 축하해요.

【 半語 】생일 축하해.

❶ 作業－習作本：第73～80頁

MEMO

附錄2

☯重點提示☯

1. 韓語文法關鍵
   ✓助詞
   ✓連接詞
   ✓連接詞尾
   ✓形容詞修飾名詞
   ✓動詞修飾名詞

2. 불규칙 변화（「不規則」的變化）

3. 挑戰「TOPIK韓國語能力測驗－初級（2級）」，必背的韓語文法

韓語文法關鍵

助詞

1 이/가：主詞助詞

→《大家的韓國語－初級1》第34頁、42頁

【例】구두가 너무 비싸요. 皮鞋太貴了。
형이 한국어를 배워요. 哥哥學韓文。

2 께서：主詞助詞（助詞「이/가」的高級敬語）

→《大家的韓國語－初級2》第132頁

【例】아버지께서 한국어를 배우세요. 父親學韓文。

3 은/는：①主題、話題 ②強調 ③對比、比較

→《大家的韓國語－初級1》第32頁

【例】제 남자 친구는 한국 사람이에요. 我男朋友是韓國人。
삼계탕은 먹기 싫어요. 我不想吃人參雞湯。
형은 키가 크지만 저는 키가 작아요. 哥哥個子高，但我個子矮。

4 께서는：①主題、話題 ②強調 ③對比、比較（助詞「은/는」的高級敬語）

→《大家的韓國語－初級2》第132頁

【例】아버지께서는 무슨 일을 하세요? 你父親做什麼？
사장님께서는 회의에 참석하지 않으실 겁니다. 老闆不會參加會議。
큰아버지께서는 부산에 사시고 작은아버지께서는 인천에 사세요.
大伯住釜山，而叔叔則住仁川。

5 을/를：受詞助詞

→《大家的韓國語－初級1》第70頁

【例】저는 매일 커피를 마셔요. 我每天喝咖啡。
지금 무엇을 하고 있어요? 你現在正在做什麼？

6 에：①位置 ②時間 ③目的地 ④單位

→《大家的韓國語－初級1》第48頁、60頁、62頁、104頁

【例】연필은 책상 위에 있어요. 鉛筆在書桌上。
우리 몇 시에 만날까요? 我們要幾點見面呢？
토요일에 친구 집에 갈 거예요. 星期六要去朋友家。
사과 한 개에 얼마예요? 一顆蘋果多少錢？

7 에서：地點

→《大家的韓國語－初級Ⅰ》第72頁

【例】한국 식당에서 저녁을 먹었어요. 在韓國餐廳吃了晚飯。

8 의：的

→《大家的韓國語－初級Ⅰ》第42頁

【例】이것은 다영 씨의 책이에요. 這是多瑛小姐的書。

9 도：也

→《大家的韓國語－初級Ⅰ》第37頁

【例】저도 대만 사람이에요. 我也是台灣人。

10 께서도：也（助詞「도」的高級敬語）

【例】저희 아버지께서도 야구를 아주 좋아하세요. 我父親也很喜歡棒球。

11 만：只

→《大家的韓國語－初級Ⅰ》第77頁

【例】저는 과일 중에서 포도만 좋아해요. 水果當中我只喜歡葡萄。

12 로/으로：①方向 ②道具、原材料、方法 ③交通工具 ④選擇 ⑤變化

→《大家的韓國語－初級Ⅰ》第154頁

【例】이쪽으로 오세요. 請往這邊來。
젓가락으로 라면을 먹어요. 用筷子吃泡麵。
보통 지하철로 회사에 가요. 通常搭捷運上班。
우리 점심으로 뭐 먹을까요？ 我們午餐要吃什麼呢？
이거 다른 옷으로 바꾸고 싶어요. 我想把這件換成別件衣服。

13 와/과 & 하고 & 랑/이랑：和、跟

→《大家的韓國語－初級Ⅰ》第76頁、84頁

【例】동대문 시장에서 시계와 가방을 샀어요. 在東大門市場買了手錶和包包。
동대문 시장에서 가방과 시계를 샀어요. 在東大門市場買了包包和手錶。
동대문 시장에서 시계하고 가방을 샀어요. 在東大門市場買了手錶和包包。
동대문 시장에서 시계랑 가방을 샀어요. 在東大門市場買了手錶和包包。
동대문 시장에서 가방이랑 시계를 샀어요. 在東大門市場買了包包和手錶。

14 나/이나：～或、或者、還是

→《大家的韓國語－初級2》第14頁

【例】요가나 수영을 배우고 싶어요. 我想學瑜伽或游泳。

수영이나 요가를 배우고 싶어요. 我想學游泳或瑜伽。

15 에게 & 한테：①給（某人）②對（某人）

→《大家的韓國語－初級1》第114頁、161頁

【例】남자 친구가 저에게 선물을 줬어요. 男朋友送給我禮物。

남자 친구가 저한테 선물을 줬어요. 男朋友送給我禮物。

이 옷은 다영 씨한테 잘 어울려요. 這件衣服很適合多瑛小姐。

16 께 (1)：①給（某人）②對（某人）（助詞「에게 / 한테」的高級敬語）

→《大家的韓國語－初級2》第132頁

【例】선생님께 선물을 드렸어요. 送給老師禮物。

이런 음식은 할머니께 안 좋아요. 這種食物對奶奶不好。

17 에게서 & 한테서：從～，等於是英文的「from」

→《大家的韓國語－初級2》第44頁

【例】어제 친구에게서 선물을 받았어요. 昨天從朋友（那邊）收到了禮物。

어제 친구한테서 선물을 받았어요. 昨天從朋友（那邊）收到了禮物。

18 께 (2)：從～，等於是英文的「from」（助詞「에게서 / 한테서」的高級敬語）

→《大家的韓國語－初級2》第132頁

【例】어제 아버지께 선물을 받았어요. 昨天從父親（那邊）收到了禮物。

19 ～부터～까지：從～到～

→《大家的韓國語－初級1》第98頁

【例】오후 2시부터 5시까지 아르바이트를 해요. 下午兩點開始到五點打工。

20 ～에서～까지：從～到～

→《大家的韓國語－初級1》第156頁

【例】집에서 학교까지 버스로 20분 걸려요. 從家到學校搭公車需要二十分鐘。

21 ～마다：每～

→《大家的韓國語－初級1》第87頁

【例】저는 주말마다 등산을 가요. 我每個週末去爬山。

집집마다 김치 맛이 달라요. 每個家庭辛奇（韓國泡菜）的味道不同。

22 ～보다：比～

→《大家的韓國語－初級1》第182頁

【例】오늘은 어제보다 더 추워요. 今天比昨天更冷。

23 ～처럼：像～一樣

→《大家的韓國語－初級2》第35頁

【例】언니처럼 노래를 잘했으면 좋겠어요. 希望像姊姊一樣很會唱歌。

連接詞

1 그리고：①還有 ②然後

【例】동생은 키가 커요. 그리고 잘생겼어요. 弟弟個子很高，還有長得很帥。

일기를 썼어요. 그리고 12시쯤 잤어요. 寫了日記，然後12點左右去睡。

2 그렇지만 & 하지만：可是、但是

【例】이 옷은 예뻐요. 그렇지만 가격이 너무 비싸요.

＝이 옷은 예뻐요. 하지만 가격이 너무 비싸요.

這件衣服很漂亮，但是價錢太貴了。

3 그래서：所以、因此

【例】남자 친구가 한국 사람이에요. 그래서 한국어를 배워요.

男朋友是韓國人，所以學韓文。

4 그러니까：所以

【例】시간이 없어요. 그러니까 우리 택시 타고 가요.

沒時間了，（所以）我們搭計程車過去吧。

5 그러면：如果那樣的話、那麼（※簡稱：그럼）

【例】1번 출구로 나오세요. 그러면 은행이 보일 거예요.

＝1번 출구로 나오세요. 그럼 은행이 보일 거예요.

請從一號出口出來，就會看到銀行。

6 그런데：①可是、但是 ②（換話題時）等於by the way（※簡稱：근데）

【例】원래 오늘 등산을 가려고 했어요. 그런데 비가 와서 못 갔어요.

＝원래 오늘 등산을 가려고 했어요. 근데 비가 와서 못 갔어요.

本來打算今天去爬山。可是因為下雨，所以沒能去。

그런데 아까 슈퍼에서 뭐 샀어요?

＝근데 아까 슈퍼에서 뭐 샀어요?

（前面聊別的事情，突然換話題）對了，你剛才在超市買了什麼？

連接詞尾

1 ～고：①又、且 ②還有 ③而 ④然後

→《大家的韓國語－初級1》第132頁

【例】이 집 음식은 싸고 맛있어요. 這家餐廳的菜又便宜又好吃。

주말에 집에서 청소도 하고 빨래도 했어요. 週末在家裡打掃，也洗了衣服。

저는 대학생이고 동생은 고등학생이에요. 我是大學生，而弟弟則是高中生。

퇴근하고 친구를 만나러 갔어요. 下班然後去見了朋友。

2 ～지만：（雖然）～，但是～

→《大家的韓國語－初級1》第146頁

【例】한국어는 재미있지만 조금 어려워요. 韓文很有趣，但是有點難。

3 ～아/어/해서：①因為～，所以～ ②然後

→《大家的韓國語－初級1》第188頁

【例】어제 아파서 학교에 못 갔어요. 昨天因為不舒服沒能去學校。

친구를 만나서 영화를 봤어요. 和朋友見面，然後（和他一起）看了電影。

4 ～니까/으니까：因為～，所以～

→《大家的韓國語－初級2》第64頁

【例】오늘은 바쁘니까 내일 만나요. 今天很忙，所以我們明天見面吧。

내일 시험이 있으니까 열심히 공부하세요. 明天有考試，所以請你用功唸書。

5 ～면/으면：～的話

→《大家的韓國語－初級1》第170頁

【例】대만에 오면 연락 주세요. 你來台灣的話，請跟我聯絡。

보너스를 받으면 카메라를 사고 싶어요. 領獎金的話，我想買相機。

6 ～ㄴ/은/는데：①解釋情況、背景，補充資訊 ②約對方時常用的開口方式 ③等於是中文的「可是、但是」

→《大家的韓國語－初級2》第120頁

【例】요즘 한국어를 배우는데 아주 재미있어요. 最近學韓語，覺得很有趣。

내일 토요일인데 영화 보러 안 갈래요? 明天是星期六，要不要去看電影？

형은 키가 큰데 동생은 작아요. 哥哥個子高，但弟弟個子矮。

여행을 가고 싶은데 돈이 없어요. 我想去旅遊，但沒有錢。

形容詞修飾名詞

→《大家的韓國語－初級1》第186頁

當遇到需要先講形容詞、之後再講名詞的方式來表達時（例如：很大的包包），只要先將形容詞原型裡共同具有的「다」拿掉之後，看最後一個字的收尾音情況，再按照以下的公式改變樣子即可。

形容詞修飾名詞時的變化，公式如下：

形容詞＋名詞				
形容詞原型收尾音的情況	沒有收尾音	收尾音為「ㄹ」	收尾音為「ㅅ」	其他收尾音
形容詞後方要接上去的語尾	ㄴ	ㄹ＋ㄴ	는	은
例子	비싸다→ 비싼 비싼 가방 貴的包包	길다→ 긴 긴 머리 長髮	맛있다→ 맛있는 맛있는 음식 好吃的食物	좋다→ 좋은 좋은 사람 好人

「ㅂ不規則」的變化

춥다→ 추운【例】추운 날씨 很冷的天氣

맵다→ 매운【例】매운 음식 辣的食物

【例】저는 예쁜 여자가 좋아요. 我喜歡漂亮的女生。

학교에서 집이 제일 먼 사람은 누구예요? 家離學校最遠的人是誰？

재미있는 드라마 좀 추천해 주세요. 麻煩請推薦一下好看的連續劇。

성격이 좋은 사람하고 결혼하고 싶어요. 我想和個性好的人結婚。

무서운 영화는 보기 싫어요. 我不想看恐怖的電影。

動詞修飾名詞

→《大家的韓國語－初級2》第78頁

當遇到需要先講動詞、之後再講名詞的方式來表達時（例如：我提的包包），只要先將動詞原型裡共同具有的「다」拿掉之後，看最後一個字的收尾音情況，再按照以下的公式改變樣子即可。

動詞修飾名詞時的變化，公式如下：

動詞 + 名詞			
動詞表示的時態 →	過去	現在	未來
收尾音（收X） 動詞後方要 接上去的語尾	ㄴ	는	ㄹ
	마시(다)→ 마신 방금 마신 음료수 剛才喝的飲料	마시(다)→ 마시는 지금 마시는 음료수 現在喝的飲料	마시(다)→ 마실 내일 마실 음료수 明天要喝的飲料
收尾音（收O） 動詞後方要 接上去的語尾	은	는	을
	먹(다)→ 먹은 방금 먹은 도시락 剛才吃的便當	먹(다)→ 먹는 지금 먹는 도시락 現在吃的便當	먹(다)→ 먹을 내일 먹을 도시락 明天要吃的便當

「ㄷ不規則」的變化：듣다（聽）→ 들은 → 듣는 → 들을
「ㄹ不規則」的變化：팔다（賣）→ 판 → 파는 → 팔

【例】저는 대만에서 온 진미혜라고 해요. 我來自台灣，叫做陳美惠。
여기 남은 음식 포장해 주세요. 這裡剩下的東西，麻煩幫我打包。
제일 좋아하는 색깔이 뭐예요？ 你最喜歡的顏色是什麼？
지금 먹는 과자 맛이 어때요？ 你現在吃的餅乾味道如何？
내일 볼 영화 예매했어요？ 明天要看的電影訂票了沒？
기차에서 읽을 신문을 샀어요. 我買了在火車上要看的報紙。

방금 들은 노래 제목이 뭐예요？ 你剛才聽的那首歌，歌名叫做什麼？
이 가게에서 파는 옷은 다 예뻐요. 在這家店賣的衣服都很漂亮。

가장 받고 싶은 생일 선물이 뭐예요？ 你最想收到的生日禮物是什麼？
우리 반에 혈액형이 AB형인 사람 있어요？ 在我們班，有血型是AB型的人嗎？

불규칙 변화(「不規則」的變化)

1 「으不規則」的變化：

若將動詞或形容詞的原型最後一個字「다」拿掉之後，最後一個字的母音為「ㅡ」，並且沒收尾音時，要看「ㅡ」前方母音的狀態，再決定要加「아요」還是「어요」，並且「ㅡ」本身會消失。

【例】아프다 → 아프＋아요 → 아파요：痛、不舒服

→《大家的韓國語－初級1》第86頁、140頁

	~ㅂ/습니다	~아/어/해요	~았/었/했어요	~아/어/해서	~면/으면
아프다	아픕니다	아파요	아팠어요	아파서	아프면
바쁘다	바쁩니다	바빠요	바빴어요	바빠서	바쁘면
예쁘다	예쁩니다	예뻐요	예뻤어요	예뻐서	예쁘면
기쁘다	기쁩니다	기뻐요	기뻤어요	기뻐서	기쁘면
슬프다	슬픕니다	슬퍼요	슬펐어요	슬퍼서	슬프면
크다	큽니다	커요	컸어요	커서	크면
쓰다	씁니다	써요	썼어요	써서	쓰면

【例】지금 바빠요? 你現在很忙嗎？
방금 친구에게 편지를 썼어요. 剛才寫了信給朋友。
어제 아파서 학교에 못 갔어요. 昨天因為不舒服沒能去學校。

2 「ㅂ不規則」的變化：

大部分形容詞和一些動詞，當收尾音「ㅂ」後方接「아/어」或「으」開頭的句型時，原本的收尾音「ㅂ」會消失，並且「아/어」變成「워」，而「으」則變成「우」。

【例】춥다 → 춥＋아요 → 추＋워요 → 추워요：冷
→ 춥＋은＋날씨 → 추＋운＋날씨 → 추운 날씨：冷的天氣

注意！動詞「돕다」的話，「아/어」會變成「와」，而「으」則變成「우」。

【例】돕다 → 돕＋아요 → 도＋와요→ 도와요：幫忙
→ 돕＋으면 → 도＋우면 → 도우면：幫忙的話

→《大家的韓國語－初級1》
第118頁、150頁、160頁、170頁、182頁、186頁、188頁
→《大家的韓國語－初級2》
第18頁、34頁、58頁、62頁、64頁、100頁、114頁、116頁

	～아/어/해요	～았/었/했어요	～아/어/해서	～면/으면	～니까/으니까
덥다	더워요	더웠어요	더워서	더우면	더우니까
고맙다	고마워요	고마웠어요	고마워서	고마우면	고마우니까
아름답다	아름다워요	아름다웠어요	아름다워서	아름다우면	아름다우니까
쉽다	쉬워요	쉬웠어요	쉬워서	쉬우면	쉬우니까
귀엽다	귀여워요	귀여웠어요	귀여워서	귀여우면	귀여우니까
맵다	매워요	매웠어요	매워서	매우면	매우니까
돕다	도와요	도왔어요	도와서	도우면	도우니까
입다	입어요	입었어요	입어서	입으면	입으니까
좁다	좁아요	좁았어요	좁아서	좁으면	좁으니까

※正常變化的動詞、形容詞：입다, 좁다

【例】강아지가 너무 귀여워요. 小狗太可愛了。
더우면 에어컨 켜세요. 熱的話，開冷氣吧。
제가 도와 드릴까요？ 要不要我幫忙？

3 「ㄷ不規則」的變化：

有些動詞（듣다：聽 / 걷다：走（路）/ 묻다：問），當收尾音「ㄷ」後方接「아/어」或「으」開頭的句型時，收尾音「ㄷ」要變成「ㄹ」。

【例】걷다 → 걷 + 아/어/해요 → 걸 + 어요 → 걸어요：走

→ 걷+으니까 → 걸+으니까 → 걸으니까：因為走路

→《大家的韓國語－初級1》
第136頁、142頁、150頁、158頁、170頁、184頁、188頁
→《大家的韓國語－初級2》
第16頁、18頁、58頁、59頁、64頁、72頁、74頁、76頁、78頁、90頁
第92頁、102頁、104頁、106頁

	~아/어/해요	~아/어/해서	~면/으면	~니까/으니까	~세요/으세요
걷다	걸어요	걸어서	걸으면	걸으니까	걸으세요
듣다	들어요	들어서	들으면	들으니까	들으세요
묻다	물어요	물어서	물으면	물으니까	물으세요
닫다	닫아요	닫아서	닫으면	닫으니까	닫으세요
받다	받아요	받아서	받으면	받으니까	받으세요
믿다	믿어요	믿어서	믿으면	믿으니까	믿으세요

※正常變化的動詞：닫다,받다,믿다

【例】집에서 지하철역까지 걸어서 얼마나 걸려요? 從家到捷運站走路要多久？

이 노래를 들으면 기분이 좋아져요. 聽這首歌的話心情會變好。

다영 씨한테 물어 보세요. 你問多瑛小姐看看。

4 「르不規則」的變化：

動詞或形容詞的原型最後兩個字為「르다」，並且變化過程中「르」後方需要接子音「ㅇ」時，會按照下面步驟變化。

1) 將原型最後一個字「다」去掉
2) 看「르」前方母音的狀態，再決定要加哪種語尾
3) 在「르」前方母音下方添加收尾音「ㄹ」
4) 「르」本身的母音「ㅡ」會消失
5) 剩下的「ㄹ」跟後面語尾合併

【例】모르다：不知道
→ 모르 + 아/어/해요
→ 몰르 + 아요
→ 몰ㄹ + 아요
→ 몰라요

→《大家的韓國語－初級1》第184頁、188頁
→《大家的韓國語－初級2》第58頁、62頁、86頁、90頁、100頁、104頁

	~ㅂ/습니다	~아/어/해요	~았/었/했어요	~아/어/해서	~면/으면
모르다	모릅니다	몰라요	몰랐어요	몰라서	모르면
다르다	다릅니다	달라요	달랐어요	달라서	다르면
빠르다	빠릅니디	빨라요	빨랐어요	빨라서	빠르면
자르다	자릅니다	잘라요	잘랐어요	잘라서	자르면
바르다	바릅니다	발라요	발랐어요	발라서	바르면
고르다	고릅니다	골라요	골랐어요	골라서	고르면
부르다	부릅니다	불러요	불렀어요	불러서	부르면

【例】머리 언제 잘랐어요? 頭髮是什麼時候剪的？
언니와 저는 성격이 많이 달라요. 姊姊和我個性很不一樣。
친구한테 줄 선물 좀 같이 골라 주세요. 麻煩跟我一起挑要送朋友的禮物。

5 「ㄹ不規則」的變化：

當動詞、形容詞的原型最後一個字「다」前面字的收尾音為「ㄹ」，並且後方接子音「ㄴ/ㅂ/ㅅ」或「으」開頭的句型時，收尾音「ㄹ」會消失。

【例】살다 → 살 + ㅂ/습니다 → 사 + ㅂ니다 → 삽니다：住、過日子

→ 살 + 세요/으세요 → 사 + 세요 → 어디에 사세요？：您住哪裡？

→ 살 + ㄴ/은/는 → 사 + 는 → 사는 곳이 어디예요？

：你住的地方是那裡？

→《大家的韓國語－初級2》第28頁、30頁、42頁、58頁、59頁、64頁、
第74頁、78頁、86頁、91頁、114頁、116頁

	～아/어/해요	～ㅂ/습니다	～면/으면	～니까/으니까	～ㄴ/은/는데
살다	살아요	삽니다	살면	사니까	사는데
놀다	놀아요	놉니다	놀면	노니까	노는데
알다	알아요	압니다	알면	아니까	아는데
열다	열어요	엽니다	열면	여니까	여는데
팔다	팔아요	팝니다	팔면	파니까	파는데
만들다	만들어요	만듭니다	만들면	만드니까	만드는데
길다	길어요	깁니다	길면	기니까	긴데
멀다	멀어요	멉니다	멀면	머니까	먼데

※「길다」、「멀다」的詞性為形容詞，因此與句型「～ㄴ/은/는데」結合時，和表格上的其他動詞有不同的變化。

【例】집에서 회사까지 얼마나 멉니까？ 你家離公司多遠？

지금 무슨 음식 만드세요？ 您現在在做什麼菜？

그 일은 다영 씨가 제일 잘 아니까 다영 씨한테 물어보세요.

那件事情多瑛小姐最了解，所以你就問她看看吧。

6 「ㅎ不規則」的變化：

當形容詞的原型最後一個字「다」前面字的收尾音為「ㅎ」，並且後方接「아/어」開頭的句型時，收尾音「ㅎ」會消失，而「아/어」變成「애」。

【例】빨갛다 → 빨갛 + 아/어/해요 → 빨가 + 아요 → 빨개요：紅

與子音「ㄴ/ㄹ/ㅁ」或「으」開頭的句型結合時，收尾音「ㅎ」一樣會消失，但原本原型裡有的「아/어」部分不會變。

【例】빨갛다 → 빨갛 + 니까/으니까 → 빨가 + 니까 → 빨가니까：因為很紅
→ 빨갛 + ㄴ/은/는 → 빨가 + ㄴ → 빨간색：紅色

→《大家的韓國語－初級2》第95頁、116頁

	～ㅂ/습니다	～아/어/해요	～았/었/했어요	～니까/으니까	～ㄴ/은/는
빨갛다	빨갛습니다	빨개요	빨갰어요	빨가니까	빨간
파랗다	파랗습니다	파래요	파랬어요	파라니까	파란
노랗다	노랗습니다	노래요	노랬어요	노라니까	노란
까맣다	까맣습니다	까매요	까맸어요	까마니까	까만
하얗다	하얗습니다	하얘요	하얬어요	하야니까	하얀
이렇다	이렇습니다	이래요	이랬어요	이러니까	이런
그렇다	그렇습니다	그래요	그랬어요	그러니까	그런
저렇다	저렇습니다	저래요	저랬어요	저러니까	저런
어떻다	어떻습니다	어때요	어땠어요	어떠니까	어떤
좋다	좋습니다	좋아요	좋았어요	좋으니까	좋은
괜찮다	괜찮습니다	괜찮아요	괜찮았어요	괜찮으니까	괜찮은
놓다	놓습니다	놓아요	놓았어요	놓으니까	놓은

※正常變化的形容詞：좋다, 싫다, 많다, 괜찮다
「놓다」、「넣다」等動詞也會正常變化。

【例】어제 먹은 삼계탕 맛이 어땠어요? 你昨天吃的人參雞湯味道如何？
노란색은 제가 제일 좋아하는 색깔이에요. 黃色是我最喜歡的顏色。
얼굴이 빨개졌어요. 臉變紅了。

7 「ㅅ不規則」的變化：

這是屬於中級的文法。在此，先提供它的公式給大家參考。

當動詞的原型最後一個字「다」前面字的收尾音為「ㅅ」，並且後方接子音「ㅇ」開頭的句型時，收尾音「ㅅ」會消失。

【例】붓다 → 붓 + 아/어/해요 → 부 + 어요 → 부어요 ：倒
　　　→ 붓 + 면/으면 → 부 + 으면 → 부으면 ：倒的話

→《大家的韓國語－中級Ⅰ》

	～아/어/해요	～았/었/했어요	～세요/으세요	～면/으면	～니까/으니까
붓다	부어요	부었어요	부으세요	부으면	부으니까
젓다	저어요	저었어요	저으세요	저으면	저으니까
짓다	지어요	지었어요	지으세요	지으면	지으니까
긋다	그어요	그었어요	그으세요	그으면	그으니까
잇다	이어요	이었어요	이으세요	이으면	이으니까
낫다	나아요	나았어요	나으세요	나으면	나으니까
웃다	웃어요	웃었어요	웃으세요	웃으면	웃으니까
씻다	씻어요	씻었어요	씻으세요	씻으면	씻으니까

※ 붓다：①倒 ②腫 / 젓다：攪 / 짓다：①蓋 ②取（名）
　긋다：畫（線）/ 잇다：連接 / 낫다：①比較好 ②（病）好了
※ 正常變化的形容詞：웃다, 씻다, 벗다

【例】얼굴이 부었어요. 臉腫起來了。
　　　감기 빨리 나으세요. 希望你感冒趕快好。
　　　뜨거운 물을 붓고 잘 저으세요. 倒熱水之後，請你好好地攪拌。

❶ 作業－習作本：第81～85頁

挑戰「TOPIK韓國語能力測驗－初級（2級）」，必背的韓語文法

《大家的韓國語－初級1》第一課

1. [名詞]입니까?　是[名詞]嗎？
   [名詞]입니다.　是[名詞]。

2. [名詞A（收O）]은 / [名詞A（收X）]는　[名詞B]입니다.　A是B。

3. [名詞（收O）]이 / [名詞（收X）]가　아닙니다.　不是[名詞]。

《大家的韓國語－初級1》第二課

4. [名詞A（收O）]이 / [名詞A（收X）]가　[名詞B]의　[名詞C]입니다.　A是B的C。

5. 이 / 그 / 저　這 / 那（近距離）/ 那（遠距離）

6. [名詞（收O）]이 / [名詞（收X）]가　있습니다. / 없습니다.　有[名詞]。/ 沒有[名詞]。

7. [名詞（地點、位置）]에　있습니다.　在[地點、位置]。

《大家的韓國語－初級1》第三課

8. 漢字音數字：일,이,삼,사,오,육,칠,팔,구,십

9. [名詞（時間）]에　갑니다.　[時間]去。

10. [名詞（地點、目的地）]에　갑니다.　去[目的地]。

《大家的韓國語－初級1》第四課

11. [動詞、形容詞（收X）]ㅂ니다. / [動詞、形容詞（收O）]습니다.　代表敬語、現在式、正式說法的語尾

12. [地點]에서　[名詞（收X）]를　[動詞]ㅂ니다. / [名詞（收O）]을　[動詞]습니다.　在[地點][動詞][名詞]。

13. 안 [動詞、形容詞（收X）]ㅂ니다.
[動詞、形容詞（收O）]습니다.　不[動詞、形容詞]。

14. [名詞]하고 ＝ [名詞（收X）]와 / [名詞（收O）]과　和[名詞]。

《大家的韓國語－初級1》第五課

15. [名詞（收X）]예요.
[名詞（收O）]이에요.　是[名詞]。（口語說法）

16. [動、形]아요 / 어요 / 해요　代表敬語、現在式、口語說法的語尾

17. [動、形]지 않다　不[動詞、形容詞]

18. [動詞]고 싶다 ⟷ [動詞]기 싫다　想[動詞] ⟷ 不想[動詞]

《大家的韓國語－初級1》第六課

19. 時間說法：[純韓文數字]시　[漢字音數字]분　□點□分

20. 純韓文數字：하나,둘,셋,넷,다섯,여섯,일곱,여덟,아홉,열

21. 하루에 몇 시간 [動詞]?　一天[動詞]幾個小時？

《大家的韓國語－初級1》第七課

22. [動詞]고 있다　正在[動詞]

23. [人、動物]에게 [東西（收X）]를 / [東西（收O）]을 주다　給[人、動物][東西]。

24. [動詞（收X）]세요. / [動詞（收O）]으세요.　請[動詞]。
[動詞]지 마세요.　請不要[動詞]。

25. 【表示程度的副詞】
아주 많이 / 너무 / 아주 / 많이 / 조금 / 전혀 안 ＋ [形容詞]
非常　太～了　很　很　一點點　一點都不

《大家的韓國語－初級1》第八課

26. 地點에
動詞（收X、收「ㄹ」）러
動詞（收O）으러
가다　去地點 動詞

27. 動詞（收X）ㄹ
動詞（收O）을
動詞（收「ㄹ」）
까요？　要不要動詞？

28. 動詞（收X）ㄹ
動詞（收O）을
動詞（收「ㄹ」）
게요.　我要動詞。/ 我會動詞。

29. 【連接詞尾】
動詞、形容詞고～　①又、且 ②還有 ③而 ④然後

《大家的韓國語－初級1》第九課

30. 動、形았어요 / 었어요 / 했어요　代表敬語、過去式、口語說法的語尾

31. 動詞（收X）ㄹ
動詞（收O）을
動詞（收「ㄹ」）
거예요　代表敬語、未來式、口語說法的語尾

32. 名詞
動詞기
전에　～之前

名詞
動詞（收X）ㄴ
動詞（收O）은
후에　～之後

33. 【連接詞尾】
動詞、形容詞지만～　（雖然）～，但是～

《大家的韓國語－初級1》第十課

34. 【助詞】
名詞（收X、收「ㄹ」）로
名詞（收O）으로
①【方向】往 ②【道具、方法】用
③【交通工具】搭乘 ④【選擇】當 ⑤【變化】成

35. 地點A에서 地點B까지 從地點A到地點B

36. 動詞（收X）ㄴ / 動詞（收O）은 } 적이 있다 ┆ 動詞아 / 動詞어 / 動詞해 } 봤다 曾經動詞過

37. 名詞일 / 動、形（收X）ㄹ / 動、形（收O）을 / 動、形（收「ㄹ」） } 까요？（你覺得）會～嗎？ ┆ 名詞일 / 動、形（收X）ㄹ / 動、形（收O）을 / 動、形（收「ㄹ」） } 거예요.（我覺得）會～。

《大家的韓國語－初級1》第十一課

38. 動詞（收X、收「ㄹ」）려고 / 動詞（收O）으려고 } 하다 打算動詞

39. 動、形（收X、收「ㄹ」）면 / 動、形（收O）으면 } 動、形的話

40. 動詞（收X）ㄹ / 動詞（收O）을 / 動詞（收「ㄹ」） } 수 { 있다 / 없다 } 會動詞 / 不會動詞

41. 動詞아 / 動詞어 / 動詞해 } 주다 （幫某人、為某人）動詞

《大家的韓國語－初級1》第十二課

42. 形容詞아 / 形容詞어 / 形容詞해 } 보이다 看起來形容詞

43. 動詞아 / 動詞어 / 動詞해 } 보세요. 請（嘗試、試做）動詞看看。

44. 形容詞（收X、收「ㄹ」）ㄴ
形容詞（收「ㅅ」）는
形容詞（收O）은
} + 名詞　形容詞的名詞

45. 【連接詞尾】
動、形아/어/해서～　①因為動、形，所以～ ②然後

《大家的韓國語－初級2》第一課

46. 名詞（收X）나
名詞（收O）이나
動詞거나
～或、或者、還是

47. 動詞（收X、收「ㄹ」）면서
動詞（收O）으면서
邊動詞邊～

48. 名詞 때
動、形（收X）ㄹ
動、形（收O）을
動、形（收「ㄹ」）
} 때　～的時候

49. 名詞 때문에
動、形기 때문에
因為名、動、形，所以～

《大家的韓國語－初級2》第二課

50. 【形容詞的副詞化】
形容詞게 + 動詞　形容詞地動詞、動詞得形容詞

51. 【動詞的名詞化】
動詞기
動詞는 것

52. 動詞기 + 形容詞（쉽다 / 어렵다…）　動詞+形容詞、動詞
+ 動詞（시작하다…）

53. 動、形았으면
動、形었으면
動、形했으면
} 좋겠다　希望動、形

《大家的韓國語－初級2》第三課

54. 名詞 중이다　　正在名、動當中
動詞는 중이다

55.【助詞】

給～ { 人、動物에게 / 人、動物한테 / 非人或動物에

從～ { 人、動物에게서 / 人、動物한테서 / 非人或動物에서

56. 名詞（收O）이 / 名詞（收X）가 } 아니라～　不是名詞，而是～

57. { 名詞（收X）지요？ / 名詞（收O）이지요？ }　是名詞吧？
形、動지요？　形、動吧？

《大家的韓國語－初級2》第四課

58.【正式的說法 總整理】

～ㅂ니까/습니까？　疑問句（～嗎？）
～ㅂ니다/습니다.　肯定句（～。）
～ㅂ시다/읍시다.　建議句（一起～吧。）
～십시오/으십시오.　命令句（請～。）

59. 動詞겠다　要～、會～（表示意志）

60. 形容詞、動詞겠다　會～（表示推測）
應該～、一定～（對話中的反應）

61.【連接詞尾】

名詞（收X）니까 / 名詞（收O）이니까 ｜ 形、動（收X）니까 / 形、動（收O）으니까　因為～，所以～

《大家的韓國語－初級2》第五課

62. 動詞（收X）ㄹ / 動詞（收O）을 / 動詞（收「ㄹ」） } 줄 { 알다 / 모르다 } 會動詞 / 不會動詞

63. 動詞아 / 動詞어 / 動詞해 } 본 적이 있다 ┆ 動詞았 / 動詞었 / 動詞했 } 었다 曾經動詞過

64. 動詞（收X）ㄹ / 動詞（收O）을 / 動詞（收「ㄹ」） } 수 { 있다 / 없다 } 可以動詞 / 不可以動詞

65. 過去：動詞ㄴ/은 / 現在：動詞는 / 未來：動詞ㄹ/을 } ＋名詞 動詞的名詞

《大家的韓國語－初級2》第六課

66. 名詞（收X）네요. / 名詞（收O）이네요. ┆ 形、動네요. ～耶、～喔、～啊。

67. 部分動詞고 있다 ～著

68. 動詞아도 / 動詞어도 / 動詞해도 } 되다 可以～

69. 動詞（收X、收「ㄹ」）면 / 動詞（收O）으면 } 안 되다 不可以～

《大家的韓國語－初級2》第七課

70. 形容詞아
形容詞어 } 지다 變（得）～
形容詞해

71. 動詞（收X、收「ㄹ」）려고
動詞（收O）으려고 為了～

72. 形、動아야
形、動어야 } 하다 必須（要）～
形、動해야

73. 動詞（收X、收「ㄹ」）려면
動詞（收O）으려면 （如果）要～的話

《大家的韓國語－初級2》第八課

74. 名詞인
形容詞ㄴ/는/은 } 것 같다 好像～、似乎～
動詞는

75. 名詞인데요.
形容詞ㄴ/는/은데요.
動詞는데요.

76. 【連接詞尾】
名詞인데～
形容詞ㄴ/는/은데～
動詞는데～

77. 動詞기로 하다 ①決定（要）～ ②說好、約好（要）～

雖然即將在《大家的韓國語－中級Ⅰ》裡會介紹，但先了解會有幫助的文法

78. 名詞（收X）라서
名詞（收O）이라서　因為名詞，所以～

79. 動詞아야
動詞어야
動詞해야
} 겠다.　我看必須（要）～才行。

80. 動詞（收X）ㄴ
動詞（收「ㄹ」）ㄴ
動詞（收O）은
} 지　多久時間이/가 되다　自從動詞之後，過了多久時間

81. 形容詞（收X、收「ㄹ」）ㄴ
形容詞（收「ㅅ」）는
形容詞（收O）은
} 편이다　算是形容詞

動詞는 편이다　算是動詞

82. 動詞（收X）ㄴ
動詞（收「ㄹ」）ㄴ
動詞（收O）은
} 후에 = 다음에 = 뒤에　動詞之後～

MEMO

#【聽力測驗 答案】
#【單字索引】

第一課 시험 때문에 늦게까지 공부해요.

1

MP3：A) 수지 씨는 주말에 보통 뭐 해요?
B) 저는 주로 등산을 가거나 쇼핑을 해요.
그렇지만 날씨가 안 좋거나 너무 피곤하면
집에서 하루 종일 자거나 컴퓨터게임을 해요.

①

2

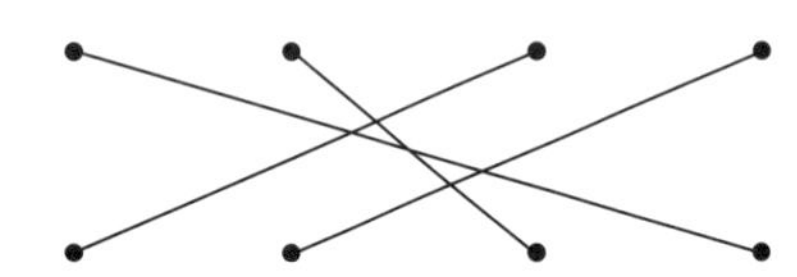

1) MP3：정우 씨는 지금 커피를 마시면서 여자 친구랑 얘기하고 있어요.

2) MP3：시원 씨는 지금 운전을 하면서 담배를 피우고 있어요.

3) MP3：현빈 씨는 지금 웃으면서 전화를 하고 있어요.

4) MP3：호동 씨는 지금 라디오를 들으면서 숙제를 하고 있어요.

3

1) MP3 : A) 미혜 씨, 오늘 왜 출근 안 했어요?
B) 감기 때문에 너무 아파서 출근 못 했어요.
A) 약은 먹었어요?
B) 네, 어제 퇴근하고 집에 올 때 약을 사서 먹었어요.

②

2) MP3 : A) 시원 씨, 내일 뭐 해요?
B) 다음 주에 시험이 있기 때문에 도서관에 공부하러 갈 거예요.
A) 그래요? 저도 숙제 때문에 내일 도서관에 가려고 해요.
시원 씨 내일 집에서 나올 때 저한테 전화 주세요.
우리 만나서 같이 가요.
B) 알았어요.

③

第二課　한국말을 잘했으면 좋겠어요.

1

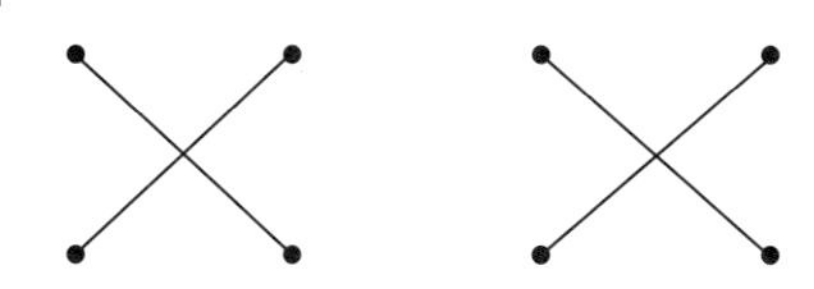

1) MP3：내일 눈이 왔으면 좋겠어요.

2) MP3：돈이 많았으면 좋겠어요.

3) MP3：시험이 쉬웠으면 좋겠어요.

4) MP3：농구 선수처럼 컸으면 좋겠어요.

2

1) 재미있게　2) 예쁘게　3) 부르기　4) 요리하는 것　5) 타기

3

1)

MP3：A) 다영 씨, 크리스마스 잘 보냈어요?
B) 네, 가족들하고 재미있게 보냈어요.
시원 씨는 크리스마스이브 어떻게 보냈어요?
A) 저는 여자 친구하고 레스토랑에서 저녁을 맛있게 먹은 후 근처 공원에서 같이 산책을 했어요.
B) 어머, 너무 낭만적이다! 저도 시원 씨처럼 낭만적인 남자 친구가 있었으면 정말 좋겠어요.

②

2)

MP3：A) 수지 씨, 새해 복 많이 받으세요.
B) 현빈 씨도 새해 복 많이 받으세요.
A) 그런데, 수지 씨 지금 어디 가요?
B) 운동하러 가요.
A) 또 운동하러 가요? 수지 씨 운동하는 걸 많이 좋아해요?
B) 아니요, 사실은 제 새해 소원이 모델처럼 날씬해지는 거예요.
그래서 저번 주부터 요가하고 수영을 배우기 시작했어요.

①

※ 모델：**模特兒** / 날씬해지다：**變瘦、變苗條** / 것이에요 →거예요（口語）

第三課　여보세요, 거기 여행사지요?

1

MP3：A) 수지 씨, 그게 뭐예요?
B) 아, 이거요? 오늘이 제 생일이에요.
그래서 남자 친구에게서 선물을 받았어요.
A) 인형이 참 귀여워요.
B) 그렇지요? 너무 마음에 들어요.
그리고 이 향수하고 꽃도 남자 친구가 줬어요.
A) 그럼 이 책도 남자 친구가 선물했어요?
B) 아니요, 그건 언니한테서 받았어요.

④

※ 그렇지요?：【直譯】是那樣吧?→ 是吧。

2

1) MP3：아까 왜 전화 안 받았어요? ②

2) MP3：그걸 어떻게 알았어요? ③ ※在這個對話裡「그걸」代表「那件事情」

3) MP3：이 남자 배우 참 잘생겼지요? ①

3

1)

MP3：A) 여보세요.
B) 여보세요. 수지 씨, 저 박시원이에요. 지금 통화 가능해요?
A) 죄송해요. 제가 지금 운전 중이어서 전화 통화하기가 힘들어요.
B) 그래요? 그럼 제가 30분 후에 다시 전화할게요.
A) 고마워요.

①

2)

MP3：A) 정우 씨, 오늘 아침에 뭐 먹었어요?
B) 밥하고 미역국 먹었어요.
A) 미역국이요?
아, 맞다! 오늘이 정우 씨 생일이지요? 생일 축하해요.
B) 고마워요. 다영 씨 생일도 이번 달이지요?
A) 아니요, 제 생일은 이번 달이 아니라 다음 달이에요.
그때 우리 같이 식사도 하고 영화도 보면서 놀아요.
B) 좋아요.

③

※ 미역국：海帶湯（韓國人在生日當天早上都會喝的湯）

第四課　내일은 비가 오겠습니다.

1

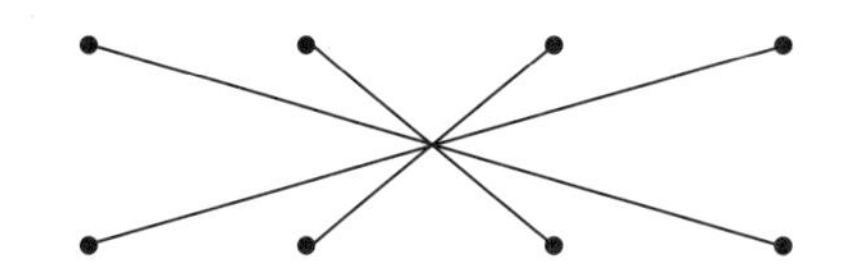

MP3 : 세계 각 나라의 내일 날씨를 알려 드리겠습니다. 내일 한국은 날씨가 아주 좋겠습니다. 구름이 없고 맑겠습니다. 중국은 흐리고 비가 오겠습니다. 프랑스는 바람은 조금 불지만 덥겠고, 호주는 눈이 많이 내리고 춥겠습니다.

※세계 각 나라 : 世界各國

※알리다 : 告知、告訴 → 알려 드리겠습니다 : 我會告訴您

2

1) 였습니다　　2) 하지 않았습니다　　3) 갈 겁니다

4) 삽니까　　5) 만납시다　　6) 조심하십시오

3

1) MP3 : 김 부장님, 뭐 드시겠어요? ②　※김 부장님 : 金部長（姓金的部長）

2) MP3 : 어제 회사에서 밤 11시까지 일했어요. ④

第五課　제일 좋아하는 과일이 뭐예요?

1

1) MP3 : 이건 제가 마실 물입니다. ①

2) MP3 : 이건 제가 아까 먹은 도시락입니다. ③

3) MP3 : 다영 씨, 지금 읽는 책은 무슨 책이에요? ②

2

1) MP3 : 제일 잘 만드는 한국 음식이 뭐예요? ①

2) MP3 : 오늘 몇 시에 퇴근해요? 퇴근 후에 영화 보러 갈 수 있어요? ③

3

1) MP3 : A) 수지 씨, 할 줄 아는 외국어 있어요?
B) 네, 어렸을 때 상하이에서 3년 정도 살아 본 적이 있어서 중국어는 자신 있어요. 정우 씨는요? 정우 씨는 무슨 외국어를 할 줄 알아요?
A) 저는 영어 이외에는 할 줄 아는 외국어가 없어요. 예전에 일어 학원에 잠깐 다녔었지만 일어는 잘 할 줄 몰라요. ②

※ 상하이 : 【中國地名】上海

2) MP3 : A) 미혜 씨, 애완동물을 키워 본 적 있어요?
B) 네, 예전에 강아지 두 마리를 키웠었어요. 하지만 지금 사는 아파트로 이사 올 때 두 마리 다 친구 집으로 보냈어요.
A) 왜요? 미혜 씨 아파트에서는 강아지를 키울 수 없어요?
B) 네, 저희 아파트에서는 애완동물을 키울 수 없어요. ③

第六課 이 옷 한번 입어 봐도 돼요?

1

1) MP3 : 최수지 씨는 머리가 길고 아주 예쁘게 생겼어요. 오늘은 원피스를 입고 목걸이를 했네요. ③

2) MP3 : 주명아 씨는 지금 가방을 들고 있는 사람이에요. 하얀 티셔츠에 청바지를 입고 있어요. ①

3) MP3 : 박시원 씨는 파티에 참석한 사람들 중에서 키가 가장 크고 안경을 쓴 사람이에요. 양복에 검정 구두를 신고 있어요. ⑥

4) MP3 : 이정우 씨는 반팔 티셔츠에 반바지를 입고 운동화를 신었어요. 어, 야구 모자도 썼네요. ②

2

1) MP3 : 다영 씨, 이 모자 어때요? ④

2) MP3 : 여기에서 사진 찍어도 돼요? ③

3

1)
MP3 : A) 어서오세요.
B) 저기요, 이 구두 한번 신어 봐도 돼요?
A) 그럼요. 구두 몇 신으세요?
B) 240 신어요.
A) 240 찾아 드릴게요. 잠시만 기다리세요.

③

2)
MP3 : A) 동건 씨, 지금 학교 기숙사에서 살고 있지요?
기숙사에서 살기 어때요? 좋아요?
B) 네, 학교에서 가까우니까 학교 다니기 편해요.
하지만 우리 기숙사는 규칙이 너무 많아요.
A) 규칙이요? 어떤 규칙이 있어요?
B) 우리 기숙사에서는 담배를 피우거나 술을 마시면 안 돼요.
친구들을 초대해서 파티를 해도 안 되고요,
저녁 9시 이후에는 노래를 부르거나 음악을 크게 들어도
안 돼요. 물론, 애완동물을 키워도 안 돼요.
그리고 밤 11시 이후에는 출입금지예요. 그래서 친구들과
너무 늦게까지 놀면 안 돼요.

①

※ 규칙：規則 / 초대하다：邀請 / 물론：當然 / 출입금지：禁止出入

第七課　모델이 되려면 키가 커야 해요.

1

1) 바빠졌어요　2) 재미있어졌어요　3) 편리해졌어요
4) 좋아졌어요　5) 더워졌어요

2

1) MP3 : 아까 은행에 왜 갔어요? ③

2) MP3 : 내일 저랑 같이 수영장에 가지 않을래요? ②

3

MP3：A) 토모코 씨, 한국말이 많이 늘었네요.
B) 호호, 그래요?
A) 네, 저번에 만났을 때보다 말하는 속도도 빨라지고 발음도 더 좋아졌어요.
B) 사실은 저번 달부터 한국 남자 친구를 사귀기 시작했어요.남자 친구와 매일 한국어로 얘기하고 같이 한국 노래도 부르고 영화도 보니까 한국어 실력이 예전보다 많이 늘었어요.이번에 학교에서 본 한국어 시험도 100점을 받았어요.
A) 그럼 이제 한국어는 공부 안 해도 되겠네요.
B) 아니요, 한국에서 일하려면 한국어를 더 잘해야 해요.다음 달에 보는 한국어능력시험 6급을 따려고 지금 열심히 공부하고 있어요.

1) ④ 2) ①

※속도：速度

第八課 요즘 한국어를 배우는데 아주 재미있어요.

1

1) 한국 사람인 2) 예쁜 3) 작은 4) 맛있는 5) 고장난 6) 좋아하는 7) 올

2

1) MP3：여보세요, 시원 씨 있어요? ④

2) MP3：내일 다영 씨랑 몇 시에 만나기로 했어요? ③

3

MP3：A) 요즘 건강이 많이 나빠졌어요.
B) 왜요?
A) 담배 때문인 것 같아요. 그래서 올해에는 담배를 꼭 끊기로 했어요.
B) 잘 생각했어요.
근데, 건강을 위해서 담배를 끊는 것도 좋지만 운동도 좀 하는 게 어때요? 저는 얼마 전부터 일주일에 세 번 배드민턴을 치는데 건강에 아주 좋은 것 같아요. 정우 씨도 시간 되면 퇴근 후에 저랑 같이 쳐요.

A) 그럴까요?
근데, 전 배드민턴을 잘 못 치는데……

B) 제가 가르쳐 줄게요.
우리 이번 주부터 월수금 저녁마다 회사 앞 공원에서 같이 배드민턴 치기로 해요.

1) ③ 2) ②

※잘 생각했어요.：你決定得很好。/ 你這樣決定是對的。

※월수금：週一三五

單字索引

《數字、英文》

《ㄱ》

《ㄲ》

《ㄴ》

《ㄷ》

《ㄸ》

《ㄹ》

《ㅁ》

《ㅂ》

《ㅃ》

《ㅅ》

《ㅆ》

《ㅇ》

《ㅈ》

《ㅉ》

《ㅊ》

《ㅋ》

《ㅌ》

《ㅍ》

《ㅎ》

MEMO

MEMO

國家圖書館出版品預行編目資料

大家的韓國語〈初級2〉新版 / 金玟志著
-- 修訂二版-- 臺北市：瑞蘭國際, 2023.06
2冊；19×26公分 --（外語學習系列；119）
ISBN：978-626-7274-27-9（第1冊：平裝）
ISNB：978-626-7274-28-6（第2冊：平裝）
1. CST：韓語 2. CST：讀本

803.28 112006021

外語學習系列 119

大家的韓國語 | 初級 2 | 新版

作者 | 金玟志 · 責任編輯 | 潘治婷、王愿琦 · 校對 | 金玟志、潘治婷、王愿琦

韓語錄音 | 金玟志、鄭鏞埈、金真熙 · 錄音室 | 采漾錄音製作有限公司
封面設計 | 余佳憓、陳如琪 · 版型設計 | 張芝瑜 · 內文排版 | 余佳憓 · 美術插畫 | 614

瑞蘭國際出版
董事長 | 張暖彗 · 社長兼總編輯 | 王愿琦
編輯部
副總編輯 | 葉仲芸 · 主編 | 潘治婷
設計部主任 | 陳如琪
業務部
經理 | 楊米琪 · 主任 | 林湲洵 · 組長 | 張毓庭

出版社 | 瑞蘭國際有限公司 · 地址 | 台北市大安區安和路一段104號7樓之1
電話 | (02)2700-4625 · 傳真 | (02)2700-4622 · 訂購專線 | (02)2700-4625
劃撥帳號 | 19914152 瑞蘭國際有限公司 · 瑞蘭國際網路書城 | www.genki-japan.com.tw

法律顧問 | 海灣國際法律事務所 呂錦峯律師

總經銷 | 聯合發行股份有限公司 · 電話 | (02)2917-8022、2917-8042
傳真 | (02)2915-6275、2915-7212 · 印刷 | 科億印刷股份有限公司
出版日期 | 2023年06月初版1刷 · 定價 | 550元 · ISBN | 978-626-7274-28-6
2024年06月初版3刷

瑞蘭國際

瑞蘭國際